ÁGUA COM GÁS & OUTROS CONTOS

ELZA GALDINO

ÁGUA COM GÁS & OUTROS CONTOS

MINOTAURO

ÁGUA COM GÁS
E OUTROS CONTOS

AUTORA: Elza Galdino

DIRETOR DA ALMEDINA BRASIL
Rodrigo Mentz

EDITOR DE CIÊNCIAS SOCIAIS E HUMANAS E LITERATURA
Marco Pace

ASSISTENTES EDITORIAIS
Isabela Leite e Larissa Nogueira

ESTAGIÁRIA DE PRODUÇÃO
Laura Roberti

REVISÃO
Equipe da Daboit Textos

DIAGRAMAÇÃO E CAPA
Officio

ISBN: 9786587017907
Dezembro, 2022

Dados Internacionais de Catalogação na Publicação (CIP)
(Câmara Brasileira do Livro, SP, Brasil)

Galdino, Elza
Água com gás : e outros contos / Elza Galdino. --
São Paulo, SP : Minotauro, 2022.

ISBN 978-65-87017-90-7

1. Contos brasileiros I. Título.

22-128480 CDD-B869.3

Índices para catálogo sistemático:
1. Contos : Literatura brasileira B869.3
Eliete Marques da Silva - Bibliotecária - CRB-8/9380

Este livro segue as regras do novo Acordo Ortográfico da Língua Portuguesa (1990).

EDITORA: Almedina Brasil
Rua José Maria Lisboa, 860, Conj.131 e 132, Jardim Paulista | 01423-001 São Paulo | Brasil
www.almedina.com.br

À minha família, com amor.

Aos meus amigos, eles sabem o porquê.

A todos os livros, porque até aqui me trouxeram.

ESTA ESTREIA NO ESCREVER, que pode ser considerada tardia, parece ter estado sempre em mim. Mas, afinal, quando brotam de dentro as palavras guardadas? Quando não aguentam mais? Quando o lugar onde estão já não as comporta? Quando explodem o próprio invólucro? Quando um incentivo/desafio externo é percebido? Para mim, continua sendo um delicioso mistério. E que assim fique.

O que não é mistério é o processo que se dá até chegar ao leitor. Para que tal se realizasse, há muito o que agradecer.

Ao jornalista, escritor e editor Carlos Stegemann, que brinda os amigos com preciosa sinceridade e viu alguns dos meus primeiros contos.

Ao Deonísio da Silva, cuja atuação em prol das letras e da literatura brasileira não cabem em qualquer classificação possível, pois que é um doutor, professor, filólogo, autor premiado de livros e roteiros cinematográficos e televisivos, um incansável explicador da língua portuguesa, o que faz com impecável competência e benfazejo humor, tornando-nos a todos ditosos aprendizes do melhor pensar, escrever e falar. A ele que, assim grandioso, por sua generosidade posso chamar de amigo, agradeço por concretizar esta edição.

Ao Instituto dos Advogados de Santa Catarina, na pessoa de seu presidente Dr. Gilberto Lopes Teixeira, pela parceria na publicação.

À Almedina, que desde 1955 difunde para o mundo a cultura lusófona, agradeço a chancela que me outorga, dando-me a indizível alegria de figurar entre seus autores.

A *autora*

O INSTITUTO DOS ADVOGADOS de Santa Catarina - IASC tem a honra de participar, em coedição com a Almedina, da estreia de Elza Galdino, Comendadora do Instituto, no campo da ficção.

Autora de livro e artigos jurídicos amplamente aceitos, sua incursão na literatura ficcional vem demonstrar que a formação em Direito abre um leque de possibilidades aos que aprendem a cultuar a leitura qualificada e diversificada, a partir do incentivo recebido na academia, sobretudo com os Clássicos que até hoje inspiram filosoficamente as nossas vidas.

Sendo a instituição mais antiga a congregar Advogados e Advogadas em Santa Catarina, o IASC se renova em iniciativas como esta, ao propiciar literatura de qualidade ao público em geral.

Boa leitura!

Gilberto Lopes Teixeira
PRESIDENTE DO IASC

Sumário

Água com gás

Uma pulsão de morte a acompanhou desde sempre. Morreu-lhe a mãe no nascimento e o pai, na mesma hora entrou em estado de abandono do mundo, de nada lhe servindo também (ok, houve aquele espermatozoide).

Por mágoa do pai nunca se aproximou de homens e pulou de mulher em mulher, com mais dor do que prazer. Aos 70 conheceu, num bar horrível onde só entrou porque precisava muito de um banheiro, um poeta.

Achou que devia retribuir a gentileza do banheiro e comprou uma água com gás. Ia sentar no banco da rua e matar a sede. Ele abriu a porta pra ela, subitamente surpresa com aquele cavalheirismo que ela achava tão démodé (feminista raiz não admite homem abrindo portas, né mesmo?).

Ele sentou-se com ela e estava meio bêbado (como convém aos poetas de bar). Ela ficou meio bêbada, não soube bem porque – se a atenção natural dele ou aquele par de olhos acinzentados que a olhavam com certa afabilidade (era Paul Newman[1] que tinha os olhos assim acinzentados? Ou?).

Contaram reciprocamente o que ele chamava de "epopeia amorosa terrena".

Quando ela terminou de desfiar as mulheres todas ele lhe disse que aquilo era uma canção do Chico (o Buarque, que outro não existe, afiançou).[2]

---

1 Ator e diretor cinematográfico dos Estados Unidos, considerado um dos grandes símbolos sexuais dos anos 1960 (1925-2008). (Wikipedia)

2 A canção é Teresinha.

A primeira lhe "chegou como quem vem do florista, trouxe um bicho de pelúcia, trouxe um broche de ametista". O bicho de pelúcia era, na verdade, o chaveiro-gorila da Kipling, pendurado numa mochila linda (e cara) que ela jamais compraria mas que usa até hoje (só o namoro era descartável, como concluiu três meses depois). E o broche de ametista foi mesmo uma viagem inesquecível a Ametista do Sul, de que jamais tinha ouvido falar e que mantém na memória porque ainda quer ver tudo aquilo novamente (e sozinha).

A segunda lhe "chegou como quem chega do bar, trouxe um litro de aguardente tão amarga de tragar". Era uma velha amiga, bateu-lhe à porta num começo de madrugada, saída de uma briga no bar com a agora ex. O litro de aguardente era a cara inchada de um tabefe e uma cachoeira de lágrimas que deixou no travesseiro de fronha até então intocada da troca do sábado. No domingo, trouxe a mala.

A terceira lhe "chegou como quem chega do nada" e parecia trazer nada mesmo. Escondia o passado e já fazia "home office" quando ninguém sabia o que era, o que fazia crer que tinha morado no estrangeiro (onde se fala inglês, ou seja, em todo o Ocidente pelo menos) e nunca lhe deixou ver seus escritos, que "vendia a bom preço". Mas "se deitou na cama" e a chamou de "mulher", coisa que ela percebeu que negava a si mesma até o último fio de cabelos cortados "à la garçonne".

Claro que houve muitas outras, tantas que nem lembrava, ajudada pelo dito esquecimento freudiano (a terapeuta junguiana adorava Lacan e usava o artifício de Freud pra eliminar traumas instantaneamente). Mas as relatou, também, àquele estranho de repente conhecido, de repente amigo, de repente íntimo, na certeza de que nunca mais se encontrariam e era então só um alívio esse "revival" do tipo vale-a-pena-ver-de-novo, e parece até que valia mesmo. Sentiu-se assim, sem qualquer arrependimento, como aqueles porres que todos tomam numa festa só de amigos e amanhecem dormindo nos quatro cantos da casa do anfitrião, sem culpa alguma (o primeiro a acordar sempre vai fazer o café e depois sai chutando delicadamente os retardatários pra que "pelo menos ponham as canecas e o pão na mesa, já que fiz até omelete").

Ele ouviu tudo em silêncio e ela estranhou muitíssimo, já que estava tão exausta de ser interrompida que fez placas para quando participava das reuniões e as levantava sempre que necessário, causando, ainda, espanto, mas já alguma reeducação nos infratores (*manterrupting* – homem que interrompe; *bropriating* – homem que se apropria da ideia já expressa pela mulher e leva os créditos; *gaslighting* – abuso que faz a mulher duvidar de seu senso de percepção e *mansplaining* – homem que explica a uma mulher o que ela sabe mais que ele). Ainda ria por dentro porque no começo todos diziam que a "macha" achava que era mulher e agora descobriram que ela é mesmo, e ainda apoia as outras, ora bolas!

Daí foi a vez dele de falar, e então tiveram que ir de novo ao banheiro do boteco e aproveitaram para pegar mais duas águas (que confissão dá mais sede que conversa, parece).

Ele contrastava com ela porque falava entrecortadamente, parece que com longos mergulhos em memórias muito remotas, mas sabia mesmo encantar com as palavras. Vez ou outra tirava da bolsa (sim, ele carregava uma bolsa) um volume manuscrito e lia trechos inspirados por uma ou outra das apelidadas respeitosamente musas.

Eram muitas e pareciam todas lindas, diáfanas, irreais quase, e ao mesmo tempo duma concretude tão contundente que a alma dele parecia ter sido cruelmente apedrejada. Ele falava de um jeito doce, sem qualquer mágoa (uma me levou todos os móveis da casa, outra raspou a conta bancária, teve uma que tentou me envenenar), como se estivesse contando um filme ou a vida de outro.

Ela se flagrou invejando as musas, todas elas, com todos os defeitos que tinham e que ele relatava ponteando com doçuras recebidas e afagos retribuídos, porque lhe enriqueceram tanto a existência que sua poesia só melhorou.

Ao que pareceu o fim daquele encontro confessional surpreenderam-se com o dono do bar baixando a porta de ferro e atrapalhando o sono dos normais (ou seja, todos os que não trocavam confidências com estranhos no primeiro encontro que aliás nem era um encontro).

Era madrugada, nenhum dos dois tinha carro e pareceu natural caminharem até uma birosca próxima, para comer alguma coisa. Ali ele era conhecido e (ela sentiu um estranho alívio) foi cumprimentado por quase todos os habitués, mas não por uma ou duas mulheres nas mesas pequenas e dispostas a uma mínima distância umas das outras.

Serviam um bife à cavalo famoso, e ela se descobriu faminta de carne (quebrando uma promessa antiga de "não comer bichos de quatro patas"), que acompanhou de cerveja preta doce, e ele riu dizendo que aquilo era um crime contra o cozinheiro.

O "bistrô" era do tipo só-fecha-quando-o-último-freguês-for-embora e ninguém saia de lá antes do amanhecer.

As primeiras luzes do sol nascente pegaram os dois ainda juntos, rindo de piadas velhas que ambos conheciam e que achavam deveriam constar de um raro almanaque para ensinar as novas gerações a rir de coisas que não ofendam, só sejam engraçadas na sua simplicidade inteligente.

Ele lhe disse que era pobre e a convidou para conhecer sua pobreza (agora? Agora, por que não?).

Era um pequeníssimo sítio, escondido em uma vila de casas com um grande portão e uma espécie de pracinha onde já estavam crianças e velhos, uma vizinhança que o saudou alegremente e perguntou se o milho já estava a ponto de colher porque alguém (ela não entendeu o nome) ia fazer novamente o curau pra todos ali.

Ela se surpreendeu com a ordem e a limpeza, e não estranhou o vazio da geladeira e da despensa. Ele tinha "a melhor cafeteira do mercado" e a convidou para "o melhor café de sua vida". Era mesmo. Ou pareceu, porque ela estava ali tão verdadeira, e ele também, que era impossível qualquer coisa não ser excepcionalmente boa.

Subitamente o sono chegou, irresistível, e ela não recusou a oferta do quarto de hóspedes que lhe lembrou uma antiga pousada em Minas, os móveis pesados e um estranho conjunto de jarra e bacia em louça pintada sobre a cômoda ("eram da minha mãe", explicou, "a única coisa que eu quis da herança").

Dormiram de exaustão e leveza, e quando abriu os olhos já vinha da cozinha um cheiro de comida que ela não distinguiu bem, mas que era bom.

Tinha um bom chuveiro e uma muda de roupa que ela achou melhor não indagar mas que ficou boa (ela havia descoberto em uma noite que coisas contadas são mais valiosas que as perguntadas), o suficiente para sentar-se à mesa e almoçar muito bem.

"Pagou" a refeição lavando a louça e as panelas (que eram novas – teria ele planos de casamento próximo?), e tomaram mais um café.

Chegou a hora de ir embora e ela vestiu a roupa amarfanhada e suada pra se despedir do novo amigo.

Ele estava na sala, com uma margarida na mão, e anunciou que o táxi do vizinho a levaria para casa e esperaria que fizesse a mala pra voltar e não ir mais embora.

Ele nunca a tocou. E ela nunca foi tão feliz.

Aspirina

Era moda colocar uma aspirina na água das rosas para prolongar-lhes o viço.

Descobriu que a aspirina agia nas flores mas não despertava o amor.

Devolveu o segundo buquê.

Nota de falecimento

Comprar jornal não cabia em seu orçamento. Na banca da esquina a caminho do trabalho, passava os olhos sobre as capas das revistas semanais invejando os poderosos em destaque e detinha-se nas primeiras páginas dos jornais da cidade, o aumento das passagens de ônibus, da carne, da gasolina (o terceiro do ano), levando instintivamente a mão ao bolso e tilintando as limitadas moedinhas.

Nota de Falecimento. Estava lá, na primeira página do Correio da Cidade, a larga tarja preta circundando o texto em itálico e o nome, todo em caixa alta, negrito. Estava morta. Finalmente, morta!

Uma alegria indizível – ele não sabia mesmo como defini-la – o assaltou de um jeito que o dono da banca, acostumado à rotina, perguntou espantado "ganhou na loteria, rapaz?" e ele disse "quase".

Não havia como explicar tamanha alegria pela morte da mãe, ninguém entenderia. Nem ele mesmo entendia, afinal. Foi há tanto tempo que por longas fases nem lembrava.

Para ele não haveria qualquer herança, qualquer cerimônia, jamais visitaria o túmulo. Não era sua mãe. Era uma invenção, um desejo de ser rico e importante. Escolheu a mãe famosa na coluna social. Pai não importava, onde vivia ninguém tinha mesmo. Naquele grupo imenso de meninos, sempre foi sozinho. Ensimesmado, dizia o Diretor. Ele foi ver no dicionário. En-si-mes-ma-do. Em si mesmo. Era verdade. O pouco que vivia, era em si mesmo, dentro. Tinha medo de tudo o que vinha de fora: abandono, violência, exploração, pobreza e desesperança. Viver dentro de si era seguro. Até porque nada acontecia que não fosse criado por ele. Depois daquela visita ao dicionário, ficou alucinado pela música que cada nome continha. Nomes de países, cidades. Comprava livros ruins com bons títulos e não comprava livros bons com maus títulos. Opinião pessoalíssima. Não tinha uma estante de livros e sim de sonoridades. O dono do sebo telefonava: "chegou aqui uma preciosidade, novinho, um fracasso literário, dez reais" e ele antevia o prazer que teria no outro sábado, quando caminharia as quinze quadras até o encontro.

Escolher a mãe pela sonoridade do nome foi mais do que natural, esperável, obrigatório. Sob a foto da coluna social estava: "Ermengarina Confidêncio Souza Prata, em tarde filantrópica da nossa sociedade". Não era mais órfão, tinha uma família, provavelmente irmãos, ainda que isto não lhe importasse a mínima. Mas tinha mãe, a partir daquela escolha que fizera ainda no orfanato, quando ajudando na cozinha desenrolou o peixe e aquele nome rebrilhou no jornal de ontem. Sabia que jamais a veria, nunca saiu do lado pobre da cidade, acorrentado pelo medo de a ver e tomar um choque. Viveu apavorado por um fantasma que ele mesmo criou.

Agora ela estava morta. Poderia circular por onde fosse, olhando sem medo para os passantes, nenhuma surpresa o faria entrar correndo na primeira loja. Como alguém cria pra si um passado tão desconfortável nem ele mesmo entendia. Era pra ser um sonho, um acalanto (mamãe Ermengarina certamente saberia canções de ninar, e as cantaria para aquele filho tão triste, tão acabrunhado "emsimesmo"), uma luz naquela sombria vida de orfandade (ele achava sua existência lúgubre, a melhor sonoridade pra uma existência escura, desesperançada e pobre de tudo).

A vida fictícia foi só uma prisão. Com a mãe morta poderia enfim ser ele mesmo, aos 43 recém completos. Poderia, enfim, ser o que era: mais um órfão pobre e fracassado num país igual a ele. Recortou e emoldurou o anúncio, prova inconteste de sua liberdade.

Deu parte de doente e não foi trabalhar pra nada atrapalhar aquela felicidade tardia.

Despensa

Pelo pai diabético, deixou de comprar doces.

Pela mãe hipertensa, tirou o sal da comida.

Hoje percebeu que, depois de tanto tempo sem eles, reeducação alimentar é reeducação da alma.

Lista de supermercado: sorvete e provolone.

Heterocromia

Era lindo. Era mesmo. Bem-falante, bem vestido, um perfume suave que convidava a demorar um tanto mais no abraço. Alto. Não muito. Parecia mais. Nunca se entendeu como saiu alto com os pais tão baixinhos. Devia ser a origem de tudo, daquele "olhar por cima", beirando a soberba, de que falavam os inimigos. E os amigos, um pouco incomodados, também.

Cedo se destacou, nerd, cdf, caxias, mais esforço que inteligência, diziam. Tinha uma autoconfiança que irritava. Bem, fascinava, não neguemos.

Foi pra medicina. Paga melhor, dizia. Tinha um roteiro pronto de network, marketing pessoal e empréstimos bancários para sustentar uma vida que atraísse os abonados para sua clínica. Cirurgia plástica, é claro. " Vaidade das vaidades, tudo é vaidade." Diziam que estava na Bíblia, mas ele lembrava era de uma bronca da professora do catecismo que ameaçava não o liberar para a primeira comunhão, o primeiro acontecimento social de sua vida em que seria o centro das atenções na família. Viriam todos, até a bisavó, passagem de avião comprada pra ela e a cuidadora, quis ficar em hotel "pra não incomodar", mas pra dar "uma puta despesa", nas palavras do pai, que não era da família dela.

A professora o ameaçara em latim "vanitas vanitas omnia vanitas" o que o fez pensar que a frase era de um livro muito antigo, um pergaminho egípcio ou coisa do gênero. Doeu o pito e a ignorância, que ela fez questão de frisar, com toda a sua compaixão cristã, pensou ele. Não lembrava mais a causa da repreensão. Não lembrava, ou queria esquecer? Por que isto agora o incomodava tanto?

Na cama de hospital, usando o camisolão que iguala, os colegas mal disfarçando o "não falei?", alerta no trato com a enfermagem, que sempre desprezou ("não passou em medicina, minha filha, aguente ser mandada!"), veias bailarinas, o extravasamento, o hematoma na pele tão cuidadosamente hidratada.

"Vanitas", o carro importado com acessórios personalizados, o sofá sob medida, os persas, a jacuzzi que nunca falhou nas conquistas (mas nunca relaxou pra induzir o sono), "o idiota do porteiro" e "a síndica burra".

Onde estava mesmo? Ah! a "Tia do catecismo". Lembrava agora, sem querer, sem procurar, evitando até, a falsa gentileza com que tratara a recém-chegada para, em seguida, arrancar gargalhadas da turma imitando-lhe o andar manco e o sotaque esquisito. O colégio dava bolsas para indicados por políticos (a bolsa tinha seu preço) e ela o tipo ideal para receber a caridade: filha de bolivianos, aos 12 já tinha sofrido um acidente de trabalho. Quantos créditos no Céu, dizia o padre contador!

Pareceu ter ouvido um sotaque espanhol no corredor. Podia ser, o mundo está uma bagunça, não se respeitam mais as fronteiras, qualquer um pode ir resolver seus problemas em outras terras e o povo dali que se dane e pague saúde, educação, moradia e emprego pra essa gente inferior. Talvez fosse só um pesadelo, ou o efeito da morfina.

Ser médico-paciente é a maior desgraça. OK, nunca estudou profundamente nada, queria tirar a nota e passar e ocupar logo sua vaga de cirurgião pop, masterclass, figurinha carimbada nas colunas sociais e nas festas onde, com seu irresistível charme dizia "querida, você não quer tomar um espumante no meu consultório?" e via o dinheiro entrando na conta, infalivelmente.

Operou homens, óbvio, pagavam muito melhor pelo sigilo, sempre em hospital fora da cidade, em viagens de negócios. Ele ia num voo separado, é claro. Paranoia ou não, estava dando certo há anos.

Consertou muitas mulheres, com alguns bons resultados se casou, mas a Natureza teimava em se impor sobre seu bisturi e assim a fila andou e andou e andou. Agora, justo agora, estava solteiro (sozinho nunca).

"Vanitas", disse-lhe o velho professor com quem discutiu um dia em presença de paciente hospitalar, discordando da abordagem "excessivamente humanista" do mestre, duvidando de seu conhecimento técnico. O paciente, para o vexame que se seguiu, era padre, e reforçou a opinião do pneumologista recitando outros trechos latinos que ele não entendeu, mas entendeu, se é que me entendem.

O cheiro de hospital o enjoava, estava sem cigarro, companhia infalível em todas as horas que não as do centro cirúrgico. Tinha acrescentado "cohibas" à rotina porque eram caros, e porque frequentar as tabacarias trazia-lhe mais clientela. Tudo tão milimetricamente pensado que até a assessoria de marketing contratada a peso de ouro se surpreendia ("Doutor, o senhor nasceu pra fama!").

Acostumado à adulação, ao conforto, à independência, sentia-se oprimido pela metragem miserável do quarto ("nossa melhor suíte", disseram), pelo entra e sai de agulhas e comprimidos e comida... "A comida! Que coisa era aquela?" e pela gente que o obrigava a aceitar tudo aquilo, sem contestar. "Cara feia, pode!", disse a veterana, "Criança sempre faz cara feia!", completou, e ele sentiu seu queixo de vidro sendo esmurrado no minuto anterior ao nocaute.

A primeira mulher foi embora porque, constatou e propalou, casou-se por engano com um menino mimado, irresponsável e egoísta. Ele foi chorar no colo da mãe, que ficou muito feliz com a partida daquela "oportunista, aproveitadora e ainda por cima feminista, coisa de mulher que não é séria". E de todas as outras.

Agora ele lutava pra não avisar a mãe do diagnóstico, aquele intruso que estava morando em seu pulmão, a "doença ruim", o "imperador de todos os males", o que ele julgava ser a antessala da capela mortuária.

Lembrou que há três dias não fazia a barba, e pediu para chamar seu barbeiro. Depois de ligar, arrependeu-se imediatamente porque não tem lugar melhor pra espalhar notícias do que aquele ambiente masculino com atrações diversas como cerveja, snacks, música alta e toalhas quentes. Enfim, estava feito. Que soubessem que ele havia mentido, inventando uns dias nas termas pra descansar e revisar o livro, com lançamento marcado para o mês seguinte.

Roger, era o barbeiro, arrancou-lhe confissões de pânico, certeza de morte, solidão e abandono. Enganava a terapeuta com sua felicidade e sua vida perfeita, e chorou enquanto "suava" sob o calor úmido da toalha. Mas se ele contasse na barbearia ninguém acreditaria, e isto o confortou um pouco. Pensou, também, que talvez fosse apenas falta de solidariedade dos clientes do horário, com quem nunca trocou palavra, apressado para o pôquer "com o PIB da cidade".

Barbeado, podia morrer, pensou. Queria um caixão de luxo, o mais caro, com alças rebrilhantes e um octeto uniformizado para carregá-lo. Era uma lembrança de um filme, o bilionário não quis impor aos amigos o seu peso-morto (piada infame na véspera da morte pode) e instruiu o secretário pessoal a contratar a equipe de transportadores.

No dia seguinte deu-se a cirurgia de um homem ressabiado, que pediu aos colegas para guardarem sigilo sobre qualquer coisa que viesse a dizer sob anestesia. Encontrou olhares irados e entendeu a gafe, tão grande quanto grandes eram aqueles homens que o cercavam na mesa operatória.

Acordou na suíte, a mão suave da mãe contrastando com seus olhos aflitos, o pai logo atrás, um pouco alijado como sempre estivera daquela dupla amalgamada que, por vezes, esquecia que sem ele não existiriam.

De repente, sentiu uma dor tão forte que sua formação médica sabia não ser do corpo, ainda que tivesse passado por um procedimento invasivo.

Não era localizada, era um halo completo de dor que circundava seu corpo inteiro, entrava pelos poros e chegava num lugar que ele desconhecia e que descobriu ser a fonte de todas as lágrimas que nunca derramara.

Chorou ruidosamente, chamando a atenção da enfermagem e afligindo mãe e pai. "Morfina, Doutor?", "Não, obrigado!". A veterana achou que era a hora certa de chamar o velho professor. Ele veio.

O paciente estava calmo, com bom aspecto, sem febre, com seus sinais vitais dentro da normalidade. Mas era outro. Nunca o decano havia presenciado tamanha transformação. Acalmava os pais, fazendo mesmo alguns gracejos, um pouco sem jeito, é verdade, mas superando claramente o que até a hora anterior lhe havia trazido tormento, desespero e raiva do mundo.

Aceitara a morte, "angústia de quem vive", viniciou[3] como um adolescente romântico.

Autorizou que o vaticínio final fosse feito na frente dos pais, "meus únicos herdeiros, afinal", e que fosse feito brevemente e sem rodeios.

As notícias não poderiam ser melhores. Um tumor perfeitamente encapsulado, sem riscos outros, vida que segue com um certo acompanhamento e alguns cuidados.

---

3 Neologismo para rimar como Vinícius de Moraes, poeta e diplomata brasileiro (1913-1980).

Um novo estoque de lágrimas se apresentou, comovendo até mesmo o colega cirurgião. A copeira, trazendo a janta, deitou a bandeja na mesa e chorou também, não sabia bem porque, ou sabia, e muito bem, porque na vida o que dá pra rir dá pra chorar e pronto.

A primeira coisa que fez quando chegou em casa foi enviar os charutos pra um amigo cujo primeiro filho estava pra nascer e "nada como honrar a tradição", e descartar os pacotes de cigarro na lixeira do prédio.

Contratou a organização de um jantar "simples e de bom gosto" para os ex-professores, alegando que havia pegado recuperação em todas as disciplinas e queria refazer as provas. E todos vieram.

Deu férias na clínica, levou os pais pra um spa na Bahia, "all inclusive", e leu Dostoiévski à beira da piscina. A cada hora do dia o celular despertava, programado por ele, que escrevera na definição do alarme "Tenho muita sorte".

A baiana do acarajé que chegava todos os dias às 5 da tarde um dia olhou pra ele e disse "Na sua vida, tudo dá certo, moço. É assim com quem tem um olho verde e o outro azul." "Acarajé?" Resistir pra quê? Pegou logo dois.

Speed

Escrevia como se houvessem espinhos na cadeira. Três linhas, e o desconforto se instalava. Punha logo um "the end" e ia tomar mais um chá.

Se Karen Blixen fosse brasileira[4]

Era uma vez uma princesa
– do carnaval

Que quebrou o salto da sandália de pedrarias no desfile. Acontece que isto se deu por duas razões: ela estava olhando para o namorado na arquibancada e a prefeitura não fez os consertos na passarela a tempo, pra variar.

O namorado era advogado, e já começou ali mesmo a pegar endereços e telefones de testemunhas para um processo que ressarcisse os danos materiais (Uma luxação? Uma entorse? Um tornozelo quebrado? A impossibilidade de continuar a programação da família real carnavalesca, nos bailes e festas que trariam alguns pequenos cachês? E a sandália, sob medida, combinando com a roupa bordada, que custara um carnê em 5 vezes?) e morais (Era a principal passista, já tinha sido porta-bandeira, capa de jornal e entrevista na Globo local). Carnaval era caro (ingresso pro camarote, pra manter o status, rodadas pagas para o fã-clube fiel da Princesa, e os trajes, senhor, os trajes! Só o que aquele estilista cobrava de exclusividade mais tarde desmascarada pela cobertura jornalística estadual (era pra outra cidade, nunca iam se encontrar, disse) ... tudo junto era de descapitalizar o freguês. O tombo se mostrava providencial pra recuperar parte do investimento.

– que não quis processar a prefeitura, onde tinha velhos amigos e, sem que o noivo soubesse, um emprego fantasma

---

4 Karen Christence, baronesa de Blixen-Finecke, mais conhecida pelo pseudônimo de Isak Dinesen, foi uma escritora dinamarquesa. No filme Entre Dois Amores (Out of Africa, no original), vê-se seu talento para inventar histórias imediatamente após provocação dos amigos, que vão lançando novas ideias, como um desafio. Fonte: Wikipédia e autora.

O jeito foi terminar o noivado, mesmo apaixonada, porque explicar a renda extra iria levar ao fim do romance mesmo, já que o rapaz se insurgia contra toda e qualquer corrupção "principalmente as pequenas, para as quais fechamos os olhos, e daí dão origem aos grandes prejuízos que sofre a população mais necessitada".

– *um pouco mais de vinho? Branco ou tinto?*

Branco, por favor.

– *quem toma vinho branco no inverno?*

Gosto mais de olhar a lareira através de um branco que de um tinto. E afinal, a taça, a luz e a cor são mais inspiração para histórias do que...

– *você é engraçada*

– *e a Princesa foi demitida*

Bem, cada fim de governo tem suas próprias catástrofes. A dela foi desalugar o apartamento e voltar pra casa da mãe, bairro pobre, vender o carro pra garantir sobrevivência até outra chance de salário.

– *a mãe encontrou um pretendente e se mudou pra casa dele*

– *ele era médico do SUS, pronto pra se aposentar*

– *e ia voltar pra terra natal, a 1.200 km*

Na mudança, a mãe deixou pra trás alguns livros, religião, misticismo, autoajuda, romances de banca de revista e duas apostilas de artesanato em madeira.

Foi de pedaço em pedaço que acabou com os móveis herança da avó materna e descobriu que trabalhar com as mãos alivia a cabeça, cura o coração e aflora o talento.

– *e a sandália de pedrarias?*

– *e a roupa rebordada?*

Viraram inusitados encaixes na artesania de madeira, marca registrada da ex-carnavalesca que virou capa de revista como uma nova hipster, aquela que revolucionou o ramo de negócio.

Éter

Era feito de ideais.
No primeiro cargo, trataram de anestesiá-lo com benesses.
Entrou em coma cívico.

Mais que perfeito

Detentor de vários prêmios, entre os quais o mais alto reconhecimento estadual e, também, um galardão nacional, o poeta ...

Era assim que o descreviam, certamente consultando velhos arquivos e por pura preguiça de atualizá-los. Bastaria um rápido olhar nas suas redes sociais para ver que era um pouco mais que isto, era um viajante, um filantropo e... um solitário.

Escrevera dois bons livros de poesia, o segundo ganhara os dois prêmios rememorados a cada aniversário seu, melancolicamente, ele achava.

Pensava no mais que perfeito porque o passado perfeito (fui, ganhei, escrevi) lhe doía como uma derrota.

Perdera a inspiração, era isto. A tela branca do computador o desafiara, o motivara e agora o amedrontava, simples assim. Pesquisando a vida de outros poetas, tentara métodos diversos, alguns, por antigos, demandaram-lhe buscas de ingredientes extravagantes e outros, por considerá-los imorais, não tentara.

Foi do porre de licor ao "coach literário", das andanças na cidade pelas madrugadas à (com vergonha confessa) terapia com xamãs, da insônia provocada aos encontros com velhos amigos, da abstinência de álcool e jejum de comida ao desespero. Nada funcionara.

Lembra agora do desprezo que dedicara aos autores de sucesso, que reclamavam alto e bom som da obrigação que o mercado (leia-se, a editora ávida de lucro) fazia desabar sobre todo aquele que houvesse chegado ao topo, para que não apenas lá continuasse, mas criasse um degrau a mais no que já era o auge e lá permanecesse por um ano até que a exigência se repetia, repetia e repetia.

Novos prêmios eram criados, desmembrados em categorias inauditas às quais muitos se dedicavam a atender, à custa de renunciar ao próprio estilo, às convicções e à coerência, de olho numa conta bancária que se aproximava perigosamente do vermelho e a uma despensa que se esvaziava como vazios estavam de inspiração e laboriosidade.

Tudo isto acontecendo e ele ali na praça, dando milho aos pombos, como cantou Zé Geraldo[5]. Mas ele não estava na praça nem estava dando milho aos pombos. Apenas pensava no verso e na sua simplicidade enquanto a tela brilhava à sua frente, branca, com aquela lauda fictícia vazia e a cabeça cada vez mais intranquila.

Pensou em fazer uma pequena viagem, o que dera resultado de um outro vazio criativo, mas os recursos não recomendavam a medida, ou ele mesmo não acreditava que resultasse em algum sucesso.

Uma noite, após o jantar frugal (nutricionista fala leve, poeta, frugal), se sentara na "bergère" e se deixara ficar diante da tevê onde passava qualquer coisa que não o prendera nem por um instante. Quanto tempo passara? Não sabia. Acordou sem ter dormido, uma estranha sensação de sesta em hora errada e assim, meio entorpecido, foi para a mesa, pegou papel, sua velha caneta-tinteiro e...

Era um fenômeno, estava convicto de que tinha sido sujeitado a um estranho acontecimento: as palavras lhe brotavam com facilidade, pode-se dizer em cascata, rio caudaloso, mar bravio, torrente. Eram tantas que perdera algumas, tentando

---

5 A música é Milho aos pombos, do cantor e compositor brasileiro Zé Geraldo (1944-), sucesso em 1981.

encaixá-las depois de composto o poema, as que lembrara eram mesmo a cereja do bolo, o toque de Midas, a finalização perfeita, pode-se dizer a suprema felicidade.

Cinco poemas escritos, esgotou-se e foi dormir. Sonhou com folhas de papel que voavam em seu redor, aos poucos transformavam-se em aviõezinhos pontudos a magoar-lhe a cabeça, o rosto, as mãos e, antes que ele conseguisse fugir, metamorfoseavam-se novamente, mas agora em graúdas cédulas de dinheiros. Acordou suado, as cobertas e travesseiros no chão, as mãos trêmulas. Acendeu a luz de cabeceira, sentou-se, sentindo a coluna, clareou os pensamentos e viu no sonho uma agradável premonição.

Noite seguinte, reproduziu exatamente a rotina, não descuidando de repetir o cardápio, e tudo se deu conforme o esperado, com exceção do número de poemas, que excedeu os cinco, mas ele não quis contar quantos a mais.

Esqueceu as saídas para o supermercado e adiou a busca da encomenda na livraria. O restaurante estranhou que agora só pedia aquele mesmo prato, já nem precisava ligar porque na hora estipulada o interfone tocava anunciando a entrega. Assim ficou por quarenta dias.

Apareceu-lhe, então, um problema não previsto: entojara-se do teclado e não iria lançar mão de qualquer estranho para digitar-lhe o que tão árdua (e misteriosa)mente compusera.

Por três dias nada escreveu, tomado pelo dilema. Ocorreu-lhe, então, de anunciar que precisava de digitador. Providência impensada, porque informou o endereço antes de solicitar o envio de currículos para seu e-mail e no dia seguinte uma fila se formou em frente ao prédio, incomodando vizinhos e a síndica, uma legalista, que o ameaçou com pesada multa.

Desceu e fez uma seleção oral, ali mesmo em público, dispensando dezenas e vendo, confrangido, que ainda restara um grupo de cinquenta para entrevistar. Manteve a palavra, plantou-se à "bergère" fiel ao novo processo criativo, e foi, de decepção em decepção, dispensando candidatos e candidatas, exausto de oferecer "uma água, um café", método que bolara para avaliar bons modos, educação, gentileza, sensibilidade, qualidades que estipulara como indispensáveis para alguém que passaria a frequentar seu sacrossanto lar, que pessoas outras chamam simplesmente de minha casa.

Estava para desistir daquilo que se tornou – na pacatez da sua vida – uma verdadeira insanidade, quando uma candidata tornou-se ideal, sem exageros. Era, pasmo, a quinquagésima. Uma mulher neutra, com uma roupa neutra, um tom de voz neutro, um olhar neutro, um penteado neutro, até o batom era neutro (na revista feminina do consultório do dentista estava escrito "batom cor de boca", o que lhe parecera algo para inserir em um poema).

Ofertou-lhe um salário e um horário e ela aceitou na mesma hora, sem demonstrar qualquer emoção ainda que o coração lhe batesse acelerado diante do seu poeta predileto, de quem sabia versos de cor há muito tempo.

"Começa amanhã!" e começou. Ele observou que ela tratava aquelas folhas escritas com uma indizível delicadeza, e que sua digitação era perfeita como perfeitos aqueles versos inspirados, e seu estranho método de produzi-los.

Uma noite sentira-se um tanto sozinho e a convidara a jantar "aqui em casa mesmo". Para agradá-la, perguntou seu prato preferido e mudou o pedido no restaurante, e ainda era para duas pessoas, o que gerou um rebuliço afetuoso da cozinha ao entregador, passando pelo caixa e pela moça das embalagens, que resolveu adotar a moda de agradar o cliente com um recadinho e tascou um "Ótima noite! Obrigada por nos honrar com este pedido especial!". Ele escondeu rapidamente a tampa mensageira e perguntou se ela poderia abrir o vinho, o que fez com elegância desenvolta, embasbacando o poeta que pedia socorro ao vizinho para a tarefa, mesmo depois de ter gastado uma fortuna em todos os tipos de abridores, os para experts e os para patetas como ele.

Conversaram pouco, ela era culta e eles tinham gostos antagônicos para filmes e bichos (romance/suspense, gatos/cachorros, imagine, gatos!). Já de países, o sonho era igual, meio infantil: a aurora boreal, naquele hotel que você fica num iglu transparente e se não quiser passar frio pode ver o céu mudando de cor ali deitado, confortavelmente, mas quem aguenta não sair, né?

Ela pegou a bolsa, ele ficou com a louça para lavar e os restos de comida para levar no lixo, que já estava lá fora devido ao adiantado da hora e então ela esperou e ele a levou até o carro, pela primeira vez.

Só percebera que era tarde, muito tarde, quando olhara satisfeito para a pia limpa e a cozinha em ordem sem que qualquer verso tivesse sido escrito.

Meio sonolento, meio em pânico, foi direto para as folhas e a caneta e nesta noite teve de carregá-la, coisa que esquecera na noite anterior. Voltando à mesa vira que as folhas eram poucas e teve de ir até o quarto onde armazenava as resmas, esperançosas de novas premiações.

Teria a vida virado uma bagunça, perguntou-se. Teria ele queimado aquele que parecera ser seu único navio, seu único caminho para o verso e para um novo livro que agora não interessava se ganharia ou não o reconhecimento, mas que lhe encheria a alma de alegria se publicado?

Sentou-se, cabeça entre as mãos, em quase desespero. Res...pi...re... dizia o xamã, e ele lembrou. Tomou da caneta, da folha, e escreveu por toda a madrugada. Os primeiros raios de sol o pegaram adormecido sobre a rica produção noturna. Tomou um banho rápido, trocou de roupa e foi, quebrando mais um paradigma, tomar café na padaria da esquina.

Cumprimentou vizinhos, brincou com a neta da síndica, deixou um "café suspenso"[6] e trouxe para o café da tarde pão para duas pessoas.

Quando ela chegou, pontualmente às 15 horas, ele a pediu em casamento sob a alegação interior que não confiaria a outra pessoa seus inéditos e exterior que ela o agradava verdadeiramente e que formavam uma boa dupla.

Ela aceitou sob a alegação exterior de que ele a agradava e respeitava, que realmente formavam uma boa dupla e que a visão da aurora boreal deve ser compartilhada. A alegação interior é que o amara desde o primeiro verso do primeiro poema da primeira obra, que passara despercebida para o público e a crítica, e que ela tencionava digitar pessoalmente para uma reedição.

6 Ideia nascida na Itália de pagar um café ao cliente que vem a seguir ou para uma pessoa necessitada. O café, já pago, fica suspenso até que alguém o peça.

Ressurreição

Soube da tragédia no seu bairro.
Corpos não encontrados.
Não voltou pra casa.
Alcançou a liberdade de uma pessoa que jamais existiu.

Loteria

Quando perdeu a décima partida de paciência no computador achou que o algoritmo estava brincando com ela. Ou – o que era mais plausível – ela não estava prestando a menor atenção ao jogo, e sim pensando no milionário (eram 200 milhões) prêmio da mega[7] que seria sorteado naquela noite. E ela não jogou.

Lembrou do Tio Patinhas e sua caixa forte e pensou que o ganhador poderia ser chamado de quaquilionário, sem ofensa. Ou zilionário, já que o prêmio era tão grande que chamar de zilhões parecia muito mais apropriado.

O que uma pessoa faz com uma quantia de dinheiro que não pode imaginar? Ou o que uma pessoa faz da vida a partir do momento em que tem tanto dinheiro que tudo parece possível?

Mas tudo o quê? Conhecer a Suazilândia? Por que Suazilândia, céus! Ah, sim, o sachê de açúcar mascavo, teve a curiosidade de olhar, era "made in Swaziland". Foi ver na Wikipedia e descobriu que o nome agora é Essuatini, oficialmente Reino de Essuatini, e que tem duas capitais. Cultura inútil. Uma boa ocupação pra quem, ganhando sozinho a bolada, terá todo o tempo do mundo para fazer o que der na telha?

7 Mega-sena é a maior modalidade lotérica do Brasil, administrada pela Caixa Econômica Federal, instituição financeira sob a forma de empresa pública, vinculada ao Ministério da Economia. (Wikipedia)

"O que der na telha" parecia uma expressão datada, mas ricos podem tudo, até mesmo ressuscitar velharias e ainda são bajulados e aplaudidos.

Não vê os novos "youtubers" milionários? Quanta besteira, senhoras e senhores! Uma palavra, dois palavrões, raciocínios rasos e opiniões infundadas sobre absolutamente tudo, piadas ruins sobre amigos e inimigos e, sempre, uma história pessoal particularmente triste, que vai sendo contada e recontada com acréscimos medidos pelo ibope, ou metrificados, como se diz no mundo virtual.

Ao menos, pensa ela, a primeira coisa que fazem é comprar uma casa pra mãe, esta geralmente sem marido, por razões as mais diversas, que um tratado de sociologia não é suficiente pra explicar.

Abandona os pensamentos monetários já solidária às mães deste Brasil que não tiveram a sorte de ter filhos de sucesso, quer dizer, milhões e milhões. E que uns tantos milhões, desta feita públicos, poderiam amenizar o problema.

Mas o que é isto, afinal? Baixou-lhe uma irmã Dulce[8] dos pobres ou o quê? Começa pensando em ficar milionária e agora já está adentrando na filantropia?

O jantar está pronto, sai do computador e vai pra realidade. Uma taça de vinho cai bem neste primeiro dia de outono, que começou típico: temperatura amena e chuva fraca, pedindo um cobertor leve para o conforto noturno.

Sonha com personagens famosos, todos mortos, casa-se com três ou quatro na mesmíssima cerimônia – os rostos vão se sucedendo no altar enquanto ela, atônita, diz "sim!" pra não chamar a atenção dos convidados, que parecem achar tudo absolutamente normal, assim como o celebrante, ou ninguém está percebendo as trocas.

---

8 Maria Rita de Sousa Brito Lopes Pontes (1914-1992), freira conhecida por suas obras de caridade, a primeira santa católica brasileira. (Wikipedia)

As damas de honra estão vestidas com a bandeira da Inglaterra e os cantos da cerimônia são em latim, o padre brada em italiano e ela está literalmente pregada ao chão, em bom português.

Findo o rito, ela se vira para uma plateia totalmente desconhecida, como estranho é o noivo que a acompanha nos quilômetros de corredor até a monumental porta da igreja, onde os espera uma longuíssima limusine fúcsia, conversível, de onde saem sons e fagulhas de foguetes e algumas cabeças se agitam, dançantes.

Uma chuva de arroz começa, mas tão intensa que ela não enxerga mais nada e pensa que pode ser neve, uma tempestade de neve, não fosse o calor que lhe sobe às faces e o suor que molha seus cabelos, fazendo-a arrancar véu e grinalda, o que parece melhorar sua visão e suas faculdades mentais, e notar uma prosaica Vespa[9] com o motor ligado e sobre ela um personagem trajado como a guarda suíça do Vaticano. Sem perder tempo, ela pula na garupa da moto e grita "vamos!" tão alto que o piloto arranca em disparada até...

Ela acorda num tranco, atordoada como se tivesse mesmo caído de uma motoneta, demora pra se situar na cama, no quarto, na casa.

Levanta e vai até a cozinha tomar água. Sobrou uma taça do vinho do jantar. Ótima razão para mudar "da água pro vinho". É o que faz.

Telefona pra amiga insone, mística, pra contar o sonho enquanto está fresco na memória.

Riem muito, e a amiga insiste em saber quais são os atores-noivos, mas ela não lembra e passam uma hora tentando encaixar rostos no sonho maluco. Acabam chegando a um acordo, e descobrem que todos os escolhidos morreram ou

---

9 Motoneta italiana surgida em 1946, virou cult com celebridades de Hollywood. (Fonte: noticiasautomotivas.com.br).

bêbados, ou pobres, ou ambas as coisas. Como assim? Uma noite de pensamentos voltados para milhões termina num pesadelo de misérias? A amiga a consola: há uma possível interpretação que pode levar a uma ideia de prosperidade, ainda que num esforço que foge ao racional. Mas, afinal, diz ela, que racionalidade têm os sonhos? A amiga quase se ofende, lembra-a sobre Freud e sua obra clássica e fica de analisar melhor aquela barafunda de nacionalidades e personagens, assim que levantar, pelas 4 e meia da tarde.

Aí ela lembra que não é notívaga, que tem ponto pra bater pela manhã e volta pra cama, agradecendo a paciência e seriedade da amiga pitonisa.

Quase adormecida, chega sozinha à grande e óbvia conclusão: trocou a limusine pela Vespa. Quer sinal mais evidente de que nascera pra ser pobre?

Dicotomia

Ia muito bem.
Carneiro com a família; lobo no trabalho.
Um dia, a alcateia amiga o jantou.

Mãos de padre

Dizem que comissários de bordo costumam apostar se adivinham a profissão dos passageiros, observando apenas a aparência, ou um jeito especial de falar.

Analisam a roupa, o modo de sentar, a forma de se dirigir ao pessoal de bordo. Uma bebida, um drinque especial, também pode ser uma pista. O corte de cabelos, se usa barba, ou bigode, ou cavanhaque, ou tudo. Desgrenhado ou cuidadosamente aparado? Hum... tintura, com certeza. Com a idade que aparenta a barba jamais seria escura. E a careca luzidia destaca ainda mais, parece o personagem mau de um filme de espionagem. Mas pode ser um inocente professor de História, que se inspira nos personagens que ensina.

Entrevi uma meia cor de vinho – "cor de bispo", corrige a outra. Seria um deles? À paisana? Idade pra isto tem. E barriga. Dizem que bispos comem bem. E moram bem também. Pode ser somente um gosto pessoal. Ou a última meia limpa da gaveta.

Aquele lê. Veja se descobre o título quando for servir a água. É em outra língua, talvez alemão. Com aquele sotaque carioca, lendo em alemão. O mundo perdeu as fronteiras.

O outro tecla furiosamente no laptop, como um... advogado com o prazo se esgotando? Um escritor aflito para não se evaporarem as ideias?

Diz-se, também, que apesar de tantos dados analisados, o percentual de acertos não passa do sofrível.

Ela ouvira essa história da mãe, que por anos servira desconhecidos nas alturas. Mas tinha seu próprio método: procurava adivinhar quem eram as pessoas pelas mãos. Só os homens, que mulheres usam artifícios que dificultam a observação crua.

Hemingway, por exemplo, tinha mãos de escritor, intelectual? Não, porque era um homem que gostava da caça e da pesca e isto deixa as mãos fortes e com cicatrizes.

Mesmo de adultos que se dedicam a atividades mentais pode-se adivinhar a infância e adolescência no interior, em atividades agrícolas. As mãos que hoje saem de punhos impecáveis, com caras abotoaduras e anel de doutor não escondem o passado de trabalho duro, são grandes e os nós dos dedos se destacam, engrossados pelas cargas carregadas na época do crescimento.

O tipo mais especial era o que ela chamava de mãos de padre. Não só a textura, a pela fina, branca, a maciez quando do cumprimento, com uma certa falta de firmeza, nenhum calo, nem um sinal de trabalho duro, mas isto ainda não definia categoricamente o tipo. Era preciso o gesto, aquele não-sei-quê de mãos que flutuam no ar sem peso e sem pressa, apenas sublinhando as palavras no mínimo necessário.

Até os italianos, como ela se sentia ao agitar as mãos com vigor e rapidez na pura herança dos antepassados, até mesmo eles aprendiam essa dança lenta e, ainda que mantivessem a potência da voz, as mãos estavam domadas pelos anos de seminário.

Que mistério era aquele ela não sabia. Mas que a encantava, ah! e como! Enamorou-se das mãos de um homem que estava no mesmo restaurante que ela, em Viena, a três mesas de distância e de costas, de modo que só podia mesmo ver-lhe as mãos claras e dançantes, hipnóticas. Seu companheiro ocasional não entendeu o mutismo que a acometeu, logo ela, que fala mais que papagaio, e chegou à conclusão de que estava triste ou, ok, vamos logo embora que você está cansada. Lamentou não passar a noite naquele (estranho, admitia) voyeurismo e concordou em partir.

Por semanas alimentou aquele amor, numa distração íntima, sabendo que nada daquilo era real, mas, afinal, era divertido.

Sua "tara" era motivo de deboche das amigas, todas concentradas em peso-altura-tórax, detalhes que se vê de longe, descartando de cara aqueles cujo perfume, por melhor que fosse, se sentisse também de longe. Mas era tão peculiar que entraram no jogo e apontavam um ou outro que pudesse agradar tal esquisitice, e quase esqueciam dos predicados que estavam buscando, perdendo muitas chances de possíveis namoros, quiçá coisa mais séria.

Ocorre que lhe coube selecionar um novo estagiário; escolheu os melhores currículos e marcou as entrevistas. Todos bons, três ótimos, ficou com o de mãos bonitas, macias e mansas, dele descobrindo, depois de três meses, que tanta leveza servia mesmo para surrupiar bens e valores das bolsas e gavetas do pessoal do departamento.

Mudança

Arrancou a faca do peito, cravou-a na parede do quarto e nunca mais voltou àquele apartamento que foi sonho.

Pode uma cor impedir um dia de acontecer?

Espraiou-se por ali um cinza-chumbo, em todas as coisas. A manhã não veio.

As luzes se apagaram automaticamente porque era, afinal, de manhã. Assim estava programado. Sobre aquele cinza-chumbo não operavam as células fotoelétricas.

Nem a tinta da aquarela que a moça pintava, insistindo em vencer aquele estranho fenômeno que tornava toda cor em cinza-chumbo tão logo tocava o papel.

As casas se tornaram sombrias, duma sombra malsã. Ficou difícil se situar entre móveis e utensílios que se mimetizavam, e muita louça foi quebrada e muito tornozelo magoado.

Sem apetite para comer ou beber o que quer que fosse daquele tom doentio, as pessoas saíram às ruas disfarçando o pânico e, umas poucas, e sempre as mesmas, buscando uma solução.

Já eram 4 da tarde de um verão que tinha sido seco, ensolarado, escaldante, e agora isto. Nem frio, nem quente, nem claro, nem escuro. A neutralidade pode ser opressiva e desesperançosa.

Os governantes haviam tomado seus aviões (cinza-chumbo, que coincidência!) e partido para terras outras, ensolaradíssimas e coloridíssimas, em busca de "auxílio para resolver o problema", aproveitando para gastos no cartão corporativo (cinza-chumbo perlé, outra coincidência).

Orava-se em muitas praças, que os ambientes sacros perderam subitamente a grandeza e o fulgurante esplendor que inspiravam a fé.

Estranhamente, tudo era muito nítido no externo, gerando certo conforto, ou menor desconforto, e ninguém fez menção de voltar pra casa.

Uma voz se ergueu anunciando o Juízo Final, mas foi calada pela total ausência de espectadores.

Alguns foram pro bar, mas quem toma cerveja cinza? Nem mesmo embotar os sentidos fazia sentido naquele dia que nem era dia nem era noite.

Pelas 7 e meia uma menininha saiu de uma casa de boneca do jardim público com uma folha de papel branca onde estava pintado, para espanto geral... um arco-íris! Visível! Ela deu uns passos, olhou em volta, fez da folha um aviãozinho e o soltou no ar, com tal maestria que ele voou até se tornar invisível, enquanto a pluricolorida normalidade se reinstalava.

Desapego

Doou 50% do guarda-roupa esperando 50% de bênçãos.
Não vieram.
Viveu 100% arrependida.

Amor exibicionista

Privou-se de cada pequeno prazer e juntou dinheiro pra levar os pais à Europa. Só não andou com colarinhos puídos porque a diarista levava suas camisas para virar o colarinho na vizinha costureira. De pena. 5 anos trabalhando pra esse moço, e nunca viu um quadro na parede, uma cerveja na geladeira, uma embalagem de chocolate.

Voo na executiva, registrado da entrada do avião ao jantar, enviado no grupo de Whats da família.

"Vocês estão vendo uma obra prima!"

"Este quadro não tem preço, nem todo o dinheiro do mundo pode comprá-lo!".

"Amanhã saímos às 8 em ponto pra dar tempo de ver o museu e almoçar naquele restaurante caro. Fiz as reservas há meses!"

Acostumados a tomar café da manhã em paz, assinantes de jornal físico, aquela era uma hora mágica de trocas e risadas.

Os tênis novos "esses de vocês estão muito velhos, já saíram de moda" machucavam os pés.

Desde o primeiro dia, colaram um sorriso no rosto. O filho não via que era de desamparo e medo de desagradar.

Foram 21 dias de ostentação pra um e cansaço pra dois. Gostavam de ver ao vivo o que já percorriam em seus gastos livros de Arte e História, é claro. Mas a Alegria, ah, esta não se fazia sentir.

Não eram convidados, eram cobaias, expostas diariamente nas redes sociais.

"Meus pais deslumbrados com a viagem que lhes proporciono!".

"Meus pais, que nunca saíram do Brasil, agora podem contar aos amigos sobre esta maravilhosa viagem que lhes dei!".

"Meus pais, no Museu!".

"Meus pais, no melhor Restaurante!".

"Meus pais, no hall do luxuoso Hotel!".

Marcava todos os parentes e o pessoal do escritório, aquele pessoalzinho medíocre que gastava fortunas com cafezinhos, happy-hours e um tal de congraçamento e por isto nunca, nunca dariam tanto orgulho aos seus pais, assim como ele. Filho exemplar, irmão invejado, primo que seria citado em todos os Natais "Você viu, Fulaninho, que filho maravilhoso é seu primo? Levando os pais à Europa!".

Finalmente regressaram. Marcou para a mesma noite um encontro familiar para exibir os vídeos "Eram pesados pra postar nas redes! ", a mãe ainda teve de se organizar pra não deixar os convidados com fome e sede, e o pai teve de sair pra repor o estoque de remédios.

Não notou o constrangimento geral, a exaustão dos dois, que acabaram roncando na frente das visitas. "Acorda, pai! Acorda, mãe!" "Jet lag!", decretou.

Mas era só o horário de fechamento do zoológico.

Contrição

Parecia que se amavam. Religião os afastou. Ela achava que era alegria, ele castigo e tristeza. Ela marcou a despedida com um presente: um quadro do Cristo sorridente que comprou pela internet.

Amanuense

Dele todos diziam "É corretíssimo!" e este elogio era mesmo da cabeça aos pés: vestido com discrição, cabelos curtos, sapatos brilhando, falava baixo e manso, sorria raramente, um mostrar de dentes, apenas. Perfeitos, aliás.

Trabalhava exatamente no que havia planejado, aprovado em concurso, em emprego "modesto mas seguro", e quando lhe perguntavam quem era respondia: "um amanuense", mesmo que precisasse traduzir para um português mais moderno as funções que exercia.

A mãe lhe dera o nome Ariclenes Venâncio[10] em homenagem àquele ator famoso, de quem era fã apaixonada. Ao pai restara ir ao cartório fazer o registro e, à falta de espírito de discordância, confirmar a escolha.

Como era mesmo só o trabalho que o definia, Amanuense virou seu nome.

Nome do registro civil, só na vida financeira.

Era anódino, amorfo, bege. Amorfos não incomodam, não nos colocam frente a frente com nossos maiores defeitos enquanto tentamos lançar luz sobre nossas parcas virtudes. Aos olhos alheios, uma boa pessoa.

Abençoava sua rotina de servidor público, isento da pejotização escravizante que avançava em progressão geométrica sobre os trabalhadores da iniciativa privada.

---

10 Ariclenes Venâncio Mazrtins (1930-) é o nome artístico de Lima Duarte, ator, diretor, radialista, dublador e apresentador brasileiro, pioneiro da televisão e com grandes papéis no cinema e nas telenovelas. (Wikipedia)

Dedicado, discreto, o chamado "operário-modelo" se ainda houvesse a categoria que o politicamente correto tratou de suprimir do cenário capital-trabalho.

Auditava, inclusive a própria vida.

Três ternos – um preto, um cinza azulado e outro marrom. "Azul marinho", disse-lhe o vendedor, mas recusou, num estranho ataque de individualidade, alegando que "parece uniforme".

Sete camisas, brancas, que a lavanderia mantinha impecáveis, mas que renovava a cada seis meses.

Sapatos pretos, meias pretas; três, e doze.

Uma vida linear como seu guarda-roupa.

Mediano em tudo, controlava os gastos com vestuário e alimentação, fazendo as refeições noturnas sempre em casa, resultantes dos esforços da diarista, duas vezes na semana. Nos demais, improvisava: uma fruta, um iogurte, que "comer demais à noite faz mal", a voz materna advertia.

Boa saúde, farmácia nunca, nem mesmo o acessório de látex que os solteiros têm sempre à mão para uma eventualidade.

Analisando as próprias contas, viu que a única compra daquele ano foi um rodo plástico pequeno com o qual secava o box após o banho, em dezessete passadas, método que desenvolveu sem dificuldades.

Abraçou o celibato após uma única decepção que ele chamava de "um não redondo e completo e definitivo" que o conscientizou "para sempre" de sua "completa ausência de atrativos" e "condenação à solidão".

Para compensar, fazia poemas.

Estranhamente, isto o levou a comprar um apartamento com lareira, destino de todos os versos. Eximia-se, assim, da tentação de publicá-los, o que poderia fazer às próprias custas, do mesmo modo que deram início à carreira tantos autores de sucesso. Mas não tinha têmpera para torná-los públicos: se fossem bons, ele não suportaria, e também não suportaria se fossem ruins. O ego ferido ou o reconhecimento seriam igualmente desconfortáveis.

Juntou patrimônio investindo em opções seguras, afastado da família, sem amigos, e mesmo os colegas de secretaria sabiam nada dele.

Frequentador da biblioteca pública, dava razão a todo pensador, mudando de ideia sobre a existência a cada nova leitura, de gregos a alemães, não dispensando os asiáticos.

No restaurante, limpava os talheres após o uso no guardanapo de papel, pura mania.

Driblando a insônia, montava crescentes quebra-cabeças, mandando-os enquadrar, as únicas "obras de arte" da casa.

Se o descrevemos em minúcias é para poder dar o real tipo, sem margem para imaginação do leitor, que talvez o invejaria. Ou da leitora, que poderia vir a se interessar por este "homem ideal".

Sem qualquer aviso perceptível, a mesa do Amanuense apareceu vazia, coisa que só repararam após duas semanas.

Olhou para trás e viu uma vida sem melhores momentos. Resolveu que seria a Suíça.

Alguém estava ciente: "Licença-prêmio, parece que ia viajar."

E era mesmo. Mas uma viagem dos sonhos.

"Saio em viagem. Não tenho data pra retornar." A família não estranhou porque ele sempre fora esquisito. Como o nome. Como o apelido.

Europa, planejada e demoradamente. De repente, os folhetos de viagem sorrateiramente colecionados faziam sentido. Museus, cafés, hotéis, restaurantes, vinhedos, flanar pelas ruas como um nativo, sorveu cada minuto, quase feliz.

E o ponto final, a Suíça! Melhor dizendo, uma clínica suíça onde acertara com antecedência o suicídio assistido após ser diagnosticado por uma doença incurável, e degenerativa.

O sobrinho advogado recebeu uma caixa postada no estrangeiro, de um remetente até então desconhecido, cujo conteúdo era o comunicado do já concretizado desenlace, algumas chaves e instruções detalhadas para a divisão do patrimônio.

Encontrou na caixa de correspondências do apartamento uma única carta que, por obrigação profissional, leu:

"PHJ Pharmaceutical

Prezado(a) Senhor(a)

Tendo V. Sa. autorizado a inclusão de seu diagnóstico e estágio atual da doença para estudos que desenvolvemos em conjunto com clínicas especializadas em todo o mundo, informamos que suas condições são ideais para integrar grupo de controle para uso do nosso novo fármaco, já em fase final de testes, com resultados promissores.

Para tanto, solicitamos o preenchimento do formulário anexo e respectivo encaminhamento, o que pode ser feito pela clínica onde recebe atendimento, agilizando assim o processo e possibilitando o envio imediato das doses para os próximos seis meses.

"Att.".

Reconhecimento

Reconheceria aqueles olhos azul-celeste mesmo em um milhão de anos. Agora eles estavam ali, no rosto que se abaixava em direção ao vidro do carro, pedindo esmolas.

Quando os olhares se cruzaram, ambos se reconheceram. Ele leu nos olhos do mendigo a antiga amizade, o companheirismo na escola, os trabalhos na universidade, o mochilão na Europa, a dor, a vergonha, o fracasso e caminho sem volta.

Não deu tempo. Os olhos azul-celeste saíram correndo e se jogaram sob um carro quando o sinal abriu.

Coube a ele, no necrotério, reconhecer o corpo.

Pós-doc

Sentou-se quieto na bela poltrona no novo pequeno apartamento que recém ocupou.

Desfez-se de tantas coisas, e só agora, neste primeiro momento de quietude pós-mudança, pode fazer o balanço patrimonial e emocional daquela decisão "tresloucada", como disse a irmã, confortavelmente instalada na casa herdada de 750 metros quadrados.

Uma velha amiga ajudara e encorajara no desapego. Bem. Era uma ex-namorada dos tempos da faculdade, que virou melhor amiga quando se apaixonou pelo antipático do Fred, que depois virou um grande amigo e ao morrer fez os dois chorarem no ombro um do outro até a exaustão, até o porre libertador, até amanhecerem desalinhados no chão da sala do apartamento deles, dela, agora viúva.

Nunca mais se afastaram, cada um com sua vida amorosa e a liberdade infinita que só os amigos que não contabilizam o vai e vem de afetos podem usufruir.

Agora ele estava ali, absorto em velhos pensamentos e velhíssimas memórias, econômico nos guardados depois de ter espalhado entre vizinhos, amigos, colegas de trabalho e instituições filantrópicas roupas, louças, livros, quadros, antiguidades e até mesmo comida.

Um recomeço. Aposentado, planejava uma viagem meditativa para decidir-se por nova atividade, que não era de levantar tarde nem de carteados.

"Vale abrir um vinho", pensou, encontrando facilmente a garrafa, o saca-rolhas e a taça agora que "o empório" reduzira o estoque. O Empório é como ela chamava o antigo apartamento, atulhado de "mercadorias", dizia, de cujo "estoque" ele não tinha o mais leve controle. E era a mais pura verdade, admitia agora, mas sem qualquer sombra de constrangimento.

Nos preparativos para a mudança – nos quais foram consumidas umas dez garrafas – deram com três exemplares da mesma edição de um mesmo livro que ele jurava não ter, o que disparou um ataque de riso daqueles que fazem brotar lágrimas nos olhos, o que faz começar tudo de novo.

Tudo aquilo, ele sabe, foi libertador. Manteve um exemplar, é claro, que era uma obra fundamental, e mais uns outros noventa ou cem, só uma biblioteca básica, ele que precisava, de vez em quando, rever frases, reinterpretá-las, sentir de novo o que causavam em seu espírito, atento a como as palavras adquirem novos e inesperados sentidos com o passar do tempo. Anotava essa impressionante evolução em fichas que mantinha cuidadosamente guardadas em cada livro. Esse "empório" era intocável e o "estoque" crescente, benéfico.

Pois estava ele, agora com sua taça e seus pensamentos, quando resolveu que era hora de comemorar fora de casa. Ligou pra ela e foram pra um winebar aconchegante, fora do circuito da moda e com preço justo.

"Naquela mesa, não é o...? Claro, ele mesmo! Quantos anos, vinte, trinta, que a gente não se via?" Ele se juntou a eles, após demorados abraços (ele era famoso por abraçar "de verdade" desde a faculdade) e ali ficaram, retomando a conversa de décadas atrás como se tivessem interrompido o papo ontem à noite e quando perceberam era "hora de fechar", o que os fez sentar na praça em frente e continuar falando, um interrompendo o outro e ela – com aquela memória irritante – corrigindo os dois sobre fatos, datas e lugares, e aí o sol estava nascendo e o resgatado integrante do trio indicou uma padaria bem pertinho para o café da manhã. Ele ainda molhava o pão na média, com a maior naturalidade, e aquilo parecia combinar com a camisa de linho cara, os jeans surrados e as havaianas, porque ele sempre fora "uma mistura de dândi e mendigo", como ela relembrou, e ele quase engasgou com o último pedaço de pão na chapa, pra gargalhada geral.

Combinaram um almoço no sábado, todos tinham um lugarzinho predileto diferente, mas finalmente, após uma assembleia – eles gostavam de democracia – chegaram a um predileto dos três e então estava certo e a gente se encontra lá.

Ele voltou pra casa feliz, e percebeu que estava feliz e o que essa palavra significava e quanto tempo havia ficado sem ela e sem a sensação de felicidade.

Dormiu como uma criança até cinco da tarde, acordou assustado, depois riu, deu de ombros livre de compromissos além dos que queria estabelecer por si mesmo.

Novamente olhou à volta, estava tudo tão simples, tão à mostra, tão usável, que ele usou um espaço livre na sala e dançou um pouco, ouvindo uma música imaginária que talvez nem existisse, ou existia e ele não sabia mais a letra e nem bem a melodia, mas "tá valendo dançar quanto tiver vontade", e ponto.

Parece que este espaço que havia criado, melhor, que havia se insinuado aos poucos naquela vida antiga, se inserindo nas frestas que ele não preenchia com trabalho, bares e trilhas, noites insones e consumismo, agora finalmente adquiria o tamanho certo, e era grande, e denso, e forte, e, incrível, leve.

"Que fazer com isto?", disse o lado prático, e o lado emocional respondeu antes que o outro sopesasse (ele tinha isto de sopesar): ensinar, espalhar, espraiar, multiplicar.

Ela também experimentou uma outra felicidade, aquela que liberta uma mulher de só ser alguém se tiver alguém, mesmo que seja um "encosto" como dizia sua avó, referindo-se aos homens que "só dão trabalho, são como crianças malcriadas e carentes, não ajudam a ser feliz e não param de pedir coisas". Tinha dois grandes amigos, e agora aquele reencontro parecia o que tinha de acontecer e, ao mesmo tempo, a coisa mais natural do mundo, porque ali todos precisavam de todos ao mesmo tempo em que podiam ficar anos sem se ver e tudo bem, livres na amizade e no companheirismo. Sabiam uns dos outros as virtudes e os "podres" – ela riu, porque sempre fora a campeã nesta categoria – e se adoravam na inteireza de cada qual, e que bom que era.

O tal lugar predileto dos três simplesmente não existia mais, o que foi motivo de um novo ataque de risos no sábado. Mas estava um dia lindo, ela sempre teve uma esteira no porta-malas, passaram na delicatéssen e compraram vinho, queijo, pães e pastinhas e foram pro parque da cidade. Parecia aquela viagem a três pelo sul da América, só que a comida agora era "muuuuuito melhor", disse ela, famosa por enfatizar esse "u" em tudo o que gostava muuuuuito mesmo.

O resgatado surpreendeu – ele seeeeeeempre (agora o "e") teve um ás na manga – lendo poemas autorais que resolveu reunir e encadernar depois daquele encontro winebar/padoca, porque a ninguém mais teria coragem de mostrar a alma sem medo. Todos choraram, e não foi pelo vinho, foi pelo choque que a Beleza pode causar naquelas cordas do coração que estão há tanto tempo intocadas que parecem não existir então alguma coisa chega lá, abre a porta devagarinho, leva luz e a gente finalmente enxerga coisas que tinha esquecido ou escondido e descobre que não dói, ao contrário, é libertador chorar diante do que nos emociona também no lado bom e belo.

Ele era quase exuberante, mas numa medida, numa precisão, numa propriedade, que admirava não ter sido publicado. "Coragem", disse ele, "cadê?". Foi amorosamente atacado por xingamentos vários, alguns que só faziam sentido pra eles, aqueles significados particularíssimos que só os que são íntimos constroem ao longo do convívio – e, finalmente, decidiram que iam procurar aquele outro colega que ainda está casado com a líder da turma e agora têm uma pequena e vibrante editora para novos e promissores, que ele era com certeza absoluta.

Aí o recém asceta (ela dizia isto com uma desfaçatez engraçadíssima) falou que tinha planos. Precisava preencher aquele espaço que descobrira em sua vida, agora que tudo estava tão simples como deveria ser, ou poderia ser, porque chegou na hora certa e portanto ele não sofria pela ausência das coisas que já tivera (ou que o tiveram, parece) por tantos anos. Que foram passos necessários pra chegar aqui, portanto sem culpas, sem mágoas e sem arrependimentos. "Je ne regrettte rien", "not guilty", "no pain no gain" e estamos conversados.

"Então, assembleia, preciso fazer alguma coisa além da rotina, que agora está bem mais leve e a cabeça está tão cheia de ideias que acho que tem mais merda que coisa boa e aí só vocês pra filtrarem essa barafunda mental, viu?".

Tinha a intenção de atuar na educação, nada de gramática, matemática e numismática "só pra rimar mesmo, diante do poeta", mas uma coisa assim da Vida, das possibilidades que uma criança pode saber que existem, e tal.

"Das dores", disse ela, "também.".

"Sim, claro, que faz parte mas não é o fim do mundo".

"E podem virar Poesia", riu o outro.

Havia uma escola pública ao lado da casa do poeta, "precisando de tudo". Ela lembrou do ex-cunhado (ok, legalmente não existe ex-cunhado, dizia o professor de Direito Civil, o "Topete" – aquele único tufo de cabelo sempre fez jus ao apelido) que é construtor. Marcaram na hora "vamos aproveitar que estamos incendiados por Baco" uma reunião para dali a dois dias, na própria escola. A diretora ia adorar, com certeza, porque já desanimara dos trâmites oficiais.

Chegaram lá e as crianças estavam reunidas no pequeno auditório, uma homenagem e uma certa pressão "lobística" pra que aquela ajuda realmente saísse do papel e das vãs palavras de promessas, que disso estava de saco cheio, assim mesmo, sem pudor e sem salamaleque, de saco cheio, sim. E ficar de saco cheio não é ficar sem esperança, é só perder a paciência com a mentira e o descaso, o abandono e a injustiça.

O jeito era sentar, pegar o microfone e falar. Ele disse "eu começo, tô acostumado com reunião difícil" e aí não prometeu nada além de um "Vamos fazer juntos, mas todo mundo, ok? Quem tiver um pano de prato bom em casa que sirva pra cantina vai trazer, quem puder pintar vai pintar, quem puder dar um livro vai dar. Mas TODOMUNDO, anotem aí, TODOMUNDO vai entrar no projeto, dando ideias e contando pra gente o que vocês acham que deve ser feito. O rumo não é nosso, é de vocês porque vocês é que vão ficar aqui um tempo importante, e depois os irmãos e primos, então tem de preparar tudo pra essas pessoas que vocês gostam do jeito que vocês acham que é bacana.".

Seguiu-se um silêncio aflitivo, os três seguraram o ímpeto de sair correndo, um olhando pra cara do outro e se perguntando se aquilo era um tremendo erro, se era pura "burguesice"... até a plateia começar a gritar, e depois lembrar que podiam aplaudir também e parecia mesmo um show daqueles que eles iam juntos nos outros tempos só que a plateia eram eles.

Foi "mágico", poetaram os quatro, com os copos de cerveja e as batatinhas fritas no botequinho da esquina, que era da tia da diretora.

Porque não acabou ali. Uma liderança da garotada levantou a mão e disse, claramente: "Vocês podem contar um pouco o que vocês são? Pra gente saber que não vai ser enganado.". Aí foi a vez de um pequeno "nerd" levantar a mão e subir na cadeira pra ser visto por toda a audiência e dizer: "A gente também quer saber se pode ser que nem vocês, um dia, assim meio velho, desculpe, mas pensando em quem precisa.".

Ele olhou pra diretora e ela falou que as aulas terminariam em quinze minutos e todos precisavam sair no horário pra rotina do noturno não ser prejudicada.

Ele disse "Pra começar, basta". E começou dizendo que tinha 45 anos, falava inglês, português e francês, tinha feito duas faculdades, mestrado e doutorado, pós... e descobriu, pelos olhos deles, que não estavam entendendo aquela coisa toda. Parou e disse "Vamos fazer o seguinte: no sábado, que não tem aula, a gente vem aqui das dez ao meio-dia e eu vou começar contando uma viagem que nós três fizemos, quase sem dinheiro..." e foi interrompido pela feliz gritaria, agora já sabendo como funcionava. Os outros dois só levantaram os polegares, eram aquele trio em sintonia, como sempre e para sempre.

A mãe de um dos alunos, que era da cantina, disse logo "Eu venho abrir e fechar a escola, diretora, e vocês não me deixem uma migalha no chão, entenderam? Se não o pessoal não vem mais contar a história deles.". E ninguém contestou, porque sabe como é mãe, né, sempre tem razão.

Assim teve início, pra ele, a nova vida: começando um aprendizado que sabia ser novo, e que jamais terminaria. A três. "Três é um número cabalístico, perfeito, indivisível", era o primeiro verso do que seria o primeiro sucesso do resgatado. Foi pra um dos seus livros de estimação e ali estava: três reis magos, três pessoas da santíssima trindade, os três lados do triângulo da maçonaria, o número perfeito para os chineses céu-terra-homem, o tridente de Netuno, nascimento-vida-morte... chega! Mais uma taça de vinho, a terceira daquela noite meditativa? Melhor criar já o grupo de whatsapp pra facilitar os encontros: Los Tres Amigos. Riu do ridículo, e rir do próprio ridículo tem sido um aprendizado libertador.

Morte lenta

Na cama do hospital só lembrava da louça na pia por lavar, na cama desarrumada, nas roupas espalhadas esperando cabide, na lista de compras de supermercado. Como era desimportante pra si mesma... Onde e quando – e como? – tinha aprendido a se matar tão cruelmente?

A família eutanásia / ordem alfabética

A família se reunia com frequência em encontros alegres. Todos cantavam e tocavam instrumentos, beneficiados pela genética musical, pelo talento e pelos estudos precoces.

Eram PRA, PRI, PRO e PRU, não nesta ordem de nascimento, mas de apelidos. O pai insistiu no PRE, mas era uma menina e a mãe rejeitou veementemente PREsbítera e PREdestinada, xingando e ainda lamentando a falta de imaginação do marido, já que a bebezinha poderia se chamar PREciosa, que tinha até aquele filme, como é mesmo? Preciosa – uma história de esperança! Mas ela queria ter o direito de escolher o nome da única filha e então era PRIscila e pronto! Os rapazes se chamaram Praxedes, Protázio e Prudente, e ela amarrou as trompas porque achou que poderia dispensar aquela restante vogal perturbadora. Conformado, o pai foi ao cartório registrar Priscila.

Com tanta musicalidade e essa estranha mania que os pais têm de escolher uma letra para começar o nome de todos os filhos, e ali eram duas, o P e o R, alguma coisa inusitada haveria de acontecer.

Foram todos para a área da saúde: médico, enfermeiro, biomédico, psicóloga. Noutra coincidência, decidiram ir juntos à Nova Iorque para um congresso mundial sobre cuidados paliativos. Os planos não eram assim tão ortodoxos; fazendo as malas comentavam mais de restaurantes e museus que do hotel onde se realizariam os trabalhos. Mas realmente não deu. O tema era tão empolgante, tão apropriado que ninguém arredou pé até a última conferência. Claro, prorrogar a estada era de lei, que os museus e restaurantes estavam nas expectativas e havia que atendê-las.

Na volta, empolgados, traziam o assunto nas rodas de colegas. Falavam tão livre e levemente sobre a morte, que ganharam o apelido de Família Eutanásia, embora a associação seja equivocada e quase agressiva.

O que se deve dizer aqui é que não era por razões pessoais que passaram a se dedicar àquela fase da vida em que antigamente se dizia "não há mais nada a fazer" e hoje se diz "dê-se ao paciente o melhor conforto possível".

Os pais viveram e morreram muito bem, ambos passados dos 90 e "como passarinhos", legando bens materiais e aquela aura de alegria constante, a "joie de vivre" dos franceses, um bom humor permeado de constante otimismo.

Ao contrário do que diziam as más línguas, o pai nunca esteve em má situação financeira. Os inimigos diziam que ele estava empobrecendo por causa de "mulheres velozes e cavalos nem tanto", mas a família conhecia sua prodigalidade com qualquer um que lhe pedisse ajuda. Mas nunca, em tempo algum, o sólido patrimônio esteve em perigo.

A mãe já havia herdado também alguns terreninhos, e juntos só fizeram crescer o saldo bancário, mesmo viajando com frequência à Europa e se dando o direito dos prazeres da boa mesa e das boas grifes.

Filhos criados, cada um pro seu lado, mas adoravam lotar a primeira classe e ocupar suítes espaçosas da hotelaria mundial.

Amavam-se intensamente, e ficavam juntos por gravidade emocional, dizia a mãe, poeticamente, entre risos de todos.

Eram pura vida, na mais invejável acepção da palavra.

Quando partiram, veio a ideia de homenagear aquele casal extraordinário e perenizar o privilégio de os terem tido como pais. Sentiam-se na obrigação de fazer algo pelos outros.

A solidariedade se juntou com a perplexidade de viverem o desinteresse geral pelo tema da boa morte, e assim constituíram um fundo para apoiar cursos sobre cuidados paliativos e qualidade de vida em pacientes terminais.

Não fossem as más intepretações teriam batizado a iniciativa com o apelido “Fundação Família Eutanásia”, mas isto tiraria a credibilidade do projeto. Já bastava terem de convencer novos investidores, expondo o tema com a maior cara de bom humor do mundo, coisa que poucos entenderam.

Como era de se esperar, PRA, PRI, PRO e PRU viveram mais de cem anos e morreram em pleno sono.

Hemidactylus mabouia

Saiu pra sacada para espantar a solidão. Lá estava aquele parzinho, esperando o jantar na noite quente. Largou o vinho, enfiou a cabeça do travesseiro e chorou. Até a lagartixa tinha namorado.

Don't smoke

Conheceram-se numa estranha situação: ele acabara de vomitar as tripas no banheiro de um shopping e estava mais constrangido do que um adulto que foi pego roubando balas no caixa da vendinha. Ela só estava ali porque a loja que procurava era no outro andar. Estava constrangida porque não se perdoava qualquer distração.

Tinha amanhecido um lindo dia, daqueles que convidam a caminhar sem pressa e sem rumo até que se armou uma chuva daquelas, o que a fez correr para o abrigo mais próximo e explicava os cabelos desalinhados, a blusa molhada e o andar trocado. Não parecia haver previsão de novo sol e ela não queria ficar descomposta, uma blusinha barata resolveria a questão.

Ele estava muito bem vestido, trabalhava no mesmo prédio e se dera um intervalo para um café, que virou no estômago na mesma hora do segundo gole e o resto sabemos.

Era uma dupla de constrangidos por motivos diferentes. Mas que se reconheciam no desconforto que humanos quase perfeitos sentem quando algo lhes foge ao controle.

O encontro foi, na verdade, um encontrão, ela olhando para o lado à procura da loja no andar errado e ele olhando para os lados com receio de se ver reconhecido como o cara que havia acabado de passar mal no banheiro.

Um paranoico e uma distraída, e o choque.

"Desculpe, meu deus, desculpe! Onde estou com a cabeça? Desculpe!".

Ela se assustou com tanta desculpa, tinha ficado meio brava "O que mais falta me acontecer hoje, que era pra ser um dia tranquilo?' mas a quase humilhação dele agora quase a comovia.

"Desculpado, tudo certo!", arrumou os cabelos molhados do melhor modo, jogando-os pra frente na tentativa de cobrir a blusa molhada e pensando que trágico deveria estar sendo o resultado.

"Ao menos posso lhe oferecer um café, ou um suco, ou um chá, ou uma água, ou...?".

Rindo com tanta opção – nem a vida lhe ofereceu tanto – aceitou o café, que a blusa úmida já estava lhe dando um frio mesmo.

Claro que ele tinha o café "dele" ali no prédio, e não era no shopping, de modo que ela levou sua úmida aparência para uma mesa de canto, que era a mesa "dele" e se preparou para encerrar logo aquele episódio engraçado (já recuperara seu bom humor no trato com as pessoas) após aceitar a gentileza, mas em silêncio.

Ele se revelou um tagarela versátil entre um gole e outro da água com gás e gotas de limão e a conversa passou tanto do tempo esperado que a blusa secou. Podia ir embora.

Não era um bom dia, e ela pensara em caminhar ao sol para não pensar na perda iminente do emprego – "o lugar onde dei a vida" – e a absoluta falta de perspectivas – ou seria de planos?

Aprendera, como todas as mulheres de sua geração, a servir de escada para homens bem-sucedidos (e ingratos, e ela só via agora, descartada como um livro com a grafia desatualizada), orgulhando-se de cada promoção como se fosse sua, enquanto o salário subia tão lentamente quando rápida e corrosivamente a inflação.

"O que você faz?"

"Sou investidor... e escrevo, por diletantismo... não, por impulso, necessidade, sei lá!".

"Então você vive de xeretar a vida das pessoas? De observá-las sem que percebam para criar personagens?".

"Não, vivo de inventar vida pras pessoas. Vida e, às vezes, morte.".

Ela pensou um pouco em destino, o encontrão, um cara simpático, talvez uma valiosa network quando teve a infeliz ideia de olhar as mãos dele e constatar que tinha unhas compridas e amareladas de cigarro. Imperdoável, para seus padrões de quase perfeição.

Lembrou de um compromisso fictício, pagou o próprio café e saiu sem olhar para trás.

Na mesma hora o celular sinalizou que era o horário dele na manicure. Coitada, estava há um mês sem vir trabalhar cuidando da família toda que pegou Covid-19, mas ligava pra garantir a fidelização e o ganho "o senhor me espere, viu?, por favor!" que já não era muito.

Saiu apressado e olhou as unhas, prontas para a manutenção. Canhoto, jamais se acertou com qualquer instrumento cortante, sendo um risco para si mesmo.

Três meses depois ela ainda pensava nele e resolveu se abrir com uma amiga: "Cigarro? Ah, amiga, estamos fora! Fora de moda, fedido e ainda dá câncer!".

Duas semanas depois ele se livrara das manchas amarelas que ficaram nas unhas depois que teve a 'brilhante' ideia de incrementar o frango com cúrcuma e curry, mexendo com as mãos, como fazia com os outros temperos.

Cancelamento

Mandou "nudes" para o número errado. Perdeu emprego, casamento e amizades. A burrice exibicionista cobra seu preço.

Calo

Ninguém sabe por que, mas o calo começou a doer tanto que o desespero o levou a sair para o almoço antes da hora de sempre. Com o restaurante do prédio em reforma, ainda tinha de caminhar quatro quadras até um outro, predileto.

Nunca o fazia por pura preguiça de sair à rua. O tédio o subjuga, aquietou-se, ficou acabrunhado. Tantos planos, tantos sonhos, mudar o mundo preservando o ambiente, e agora era só um homem murcho com um calo explodindo.

O calo agora grita, embotando o raciocínio existencial.

No meio do caminho tinha uma loja e ele viu que a fome era menor que a urgência. "Comecei dobrando e guardando. Vou batendo minhas metas. Já tenho clientela fixa. Quer ver um sapato? Couro supermacio, modelagem italiana...". Ele só queria libertar os pés, e quando enfiou os pés nas havaianas percebeu um traço de sangue no mindinho estropiado. Emocionado com seu salvador, saiu com duas bermudas, dois pares de tênis e aquelas havaianas que destoavam totalmente do traje social exigido no emprego.

Comeu com inusual apetite, só coisas que nunca experimentava. Revigorou-se. Na volta, entrou no elevador quase cantando. A viúva, dona da consultoria, já estava lá e deu-lhe seu melhor olhar de surpresa: certo que era uma combinação inusitada, mas ela não o conhecia, então uma reprimenda estava fora de cogitação. "Calo!", explicou. Ela entressorriu.

Desceram no mesmo andar e em cinco minutos todos estavam convocados para uma reunião. Ele largou a escovação dos dentes pela metade e correu à sua mesa pra pegar os últimos dados.

A viúva andava lendo coisas novas e tinha um "coach". Quem não estiver na empresa entra na reunião via "meeting", que ela estava mesmo atualizada e não queria perder tempo.

Questionou processos e comportamentos antigos. Espantou-se com a velhice de todos eles, mais jovens e no entanto mais caquéticos que o finado. Em duas horas, tomou gosto por tudo aquilo que deixara para trás ao se casar. Lembrava, de repente, do que a tinha feito se apaixonar pela questão ambiental, dos protestos, do voluntariado precoce.

Mudou as pedras do tabuleiro. Promoveu uns, demitiu o chefão, que era "uma rocha", porque tudo exige movimento, sabem? "O capim mais tenro e a árvore mais alta estão se movendo, a Terra toda é movimento, nossa vida, nosso organismo.". Rocha, orgulhoso do codinome, não se verga, quebrou.

"Sugestões?". Ele pede licença e vai, correndo nas havaianas, finalmente abrir aquela sua misteriosa primeira gaveta, sempre trancada à chave. Os colegas, cruelmente debochados, diziam que ali estavam guardados dólares, ou fotos comprometedoras, ou uma arma. E era: uma bomba de modernidade e avanços sobre aquelas cabeças acomodadas e obtusas.

Não era só o sapato que estava apertado. Ficou pensando meio holisticamente, e deduziu que era a cabeça que já não cabia naquele modelo empedernido, e livrar-se dos sapatos apertados foi simbólico. Entrou no modo "agora" para guardar todos os detalhes, porque também tinha um "coach", aliás uma, e ela vivia dizendo "Sai da toca, criatura!, que como diz o Caetano[11], gente é pra brilhar!".

Pelo menos chegou a hora e ele não ficou mudo, perplexo, congelado como sempre acontecia nas reuniões com o velho,

11 Caetano Veloso (1942-), músico, compositor, produtor, arranjador e escritor brasileiro. O verso "Gente é pra brilhar" está na música "Gente".

que amava a tradição mais que tudo e repetia o sobrenome composto pra cientificá-los da sua (dele) origem nobre.

O investimento no aconselhamento da "coach", enfim se pagava. Foi nomeado o segundo na escala. O primeiro era... a viúva, que já redecorava a sala do Rocha com as próprias mãos, trazendo o vaso de flores e o tapete da recepção, duas cadeiras da sala de reuniões, mudando a posição da mesa e decretando "casual Friday", com um "OK para os tênis, havaianas daqui a um ano, quando a clientela entender o que a gente realmente virou.".

O mindinho, vitoriosamente, latejou.

Virtual

Colecionava selos. Não, tinha por herança uma coleção de selos que o avô do coração deixara, e continuar a tarefa era manter o avô amoroso sempre por perto. EUA, França, Itália, Espanha, lugares exóticos, estavam lá à espera de companhia. Mas quem escreve cartas? Usou a tecnologia para localizar companheiros daquela viagem de estampilhas e fundaram um clube de epistológrafos. O site está fazendo o maior sucesso.

La vie en rose

Aquela mulher de cabelos rosa que a olhava do lado de lá do espelho, quem era?

Uma outra, levemente (re)conhecida, que inspirava algo entre simpatia e pena, solidariedade e estranhamento.

As lembranças embaralhavam na cabeça, ora caindo como as cartas no jogo virtual de paciência – "solitaire", veja só! – ora se superpondo como as janelas do Word, tudo em velocidade, quase vertigem.

Tinha um passado, mas qual? Onde o havia deixado, ou perdido, ou propositadamente abandonado?

Olha mais atentamente: o batom rosa destaca a boca bonita, traz um frescor ao rosto; o blush rosa perlé está em sua mão direita, e ela cede, e o aplica cuidadosamente, como aprendeu um dia numa revista, dando ao rosto "um ar natural e saudável".

Um último relance no espelho e a blusa rosa, com bom decote, realça o bronzeado (de praia? que praia? piscina? viagem recente?) que também lhe é novidade, ela só lembra de si mesma tão branca quanto uma vela barata.

Ao lado da cama uma sapatilha rosa, ela calça, é bonita e confortável.

Há uma pequena mala, rosa, do tipo mala de mão que hoje todos carregam para não pagar o extorsivo despacho de bagagem nas viagens aéreas.

A mala é, na verdade, pink, e na alça sobressai uma fita rosa-claro, com bolinhas brancas, uma espécie de brotoejas ao contrário, ela pensa, não sabe porque lhe vem esta memória de brotoejas numa pele de bebê, e que bebê será esse?

Brotoeja é uma erupção, e ela precisava de uma erupção na memória pra entender este momento róseo, não no sentido do romance róseo, água-com-açúcar, em que tudo dá certo no final e os protagonistas vivem felizes para sempre, numa "vie en rose"[12] ('quand il me prend dans ses bras / il me parle tout bas / je vois la vie en rose'). E agora esta memória em francês... "mon coeur qui bat" e bate apressado mesmo, o coração agora descompassado e ela precisa pegar a mala e sair deste lugar que não lhe parece em nada familiar ou hospitaleiro.

Sai pela rua a carregar a mala que vai pesando um pouco mais a cada quadra apesar das boas rodinhas 360°, as pessoas a olham um tanto inquietas e ela se pergunta o porquê do espanto se está tão roseamente inofensiva e é apenas uma mulher que carrega sua pequena mala pela rua.

Talvez o aparvalhamento que está por dentro tenha saído pelos olhos e criado um rictus na boca, quem sabe? e aí os passantes percebem e se contaminam do mesmo leve t(r)emor, coisa que não querem sentir logo cedo, sim, porque ainda não são 7 horas da manhã e como cabem tantas sensações num dia que nem bem começou?

Ainda há uma leve luz rosada no céu, da recente aurora, que logo será vencida pelo dourado do sol que o dia promete ser quente e seco, parece que o rádio disse isto, não sabe quando nem onde, mas lembra bem. Por isto a blusa é leve, tem até um babadinho no decote que levanta quando uma brisa sopra, e alivia o calor que o caminhar vai aumentando.

Vai resolutamente, não lembra deste itinerário, olha as placas com os nomes das ruas e, se não são familiares, também

---

12 "La vie en rose", canção francesa de grande sucesso com Édith Piaf (1915-1963), lançada em 1946, cuja letra é da própria cantora e a música de Louis Guglielmi. (Wikipedia)

não são estranhos, de modo que não tem certeza, mas também não tem medo, só sabe que precisa continuar andando.

E as sapatilhas, baixas, são mesmo muito boas e não incomodam, então ela anda e anda com segurança e sem qualquer desconforto, em direção ao seu destino... destino? Que pensamento mais esquisito.

É, deixar a mente livre, soltar, não controlar, e aí vem esta história de destino? A ver onde isto vai dar.

Tem fome, mas está chegando ao terminal rodoviário, uma babel de gentes e bagagens, um alarido de anúncios de horas e cidades e empresas, há crianças de colo e velhos que parecem ter morrido há décadas, há mulheres de tailleur e garotos de bermuda e regata, há de tudo naquela miscelânea assustadora e vibrante de vida e movimento (por que as pessoas têm sempre de ir e vir? Direito de ir e vir, disseram na tevê por causa daquela greve que fechou a ponte. Não pode fechar, as pessoas têm o direito de ir e vir. Que viajem, então, indo e vindo, não é verdade?).

Uma leva deixava a cafeteria, ela precisava urgentemente de um café, e havia um combo bem bom com suco, torradas e ovos mexidos. Comendo, notou que o prato era branco e trazia pintada uma minúscula rosa cor-de-rosa, que só apareceu mesmo quando raspou o último pedacinho dos ovos com o último pedaço de torrada, faminta que estava, só via agora.

Olhou em volta, atenta, e o mundo parecia tão normal, e ela inserida naquele cenário também não destoava, ainda que continuasse meio que flutuando numa nuvem, ou névoa, que por ser rósea não assustava, era como uma criança/adolescente expectante e sem malícia, mas plena de promessas de futuro.

Tantas filas longas, outras muito longas, serpenteando pelo saguão, talvez com gente que pegou a fila errada, que era bastante confusa a distribuição das cordas e marcações no chão, não era para amadores, e ela se sentia totalmente uma.

Perambulou até encontrar uma fila pequena, alinhou-se, da bolsa rosa a tiracolo tirou a carteira rosa e o cartão de crédito rosa (eles oferecem cores a escolher, agora, como apelo de marketing, sorriu) e comprou a ida: "Sai em 20 minutos!".

Uma passada no banheiro, retoque do batom, chegou à plataforma no último instante.

O motorista gritou: "Última chamada, 9 e 30!"

Ela entrou, sentou, e partiu para Roseiral.

Economia

O vendedor era bom, mas também tinha uma mulher desempregada e dois filhos na escola. Comprou muito mais do que precisava.

CNTP

Era vertical. Só podia. Tinha 1,80 (um metro e oitenta e um, por favor) e calçava 40 (quarenta e um, anote, por favor). Cabelos para três cabeças, muito bem tratados (cabelos são a moldura do rosto, já se sabe desde a Renascença). Pérolas, sempre; ouro e rubi (o vermelho me cai bem).

Depois de muitas andanças, experimentando bairros e apartamentos que dariam um livro, aquietou-se numa cobertura com cara de estúdio (simples, clean e aconchegante). A tentativa de morar perto do trabalho só provou que arredores de universidades só servem para quem tem menos de 30 anos ou é surdo, ou quase, ou ambos.

Infernal define aquele ano que suportou para não pagar a multa do contrato, mas também aprendeu com um mestre zen a abstrair. Ainda assim metade da dissertação foi digitada com fones de ouvido ligados em batimentos binaurais e tons isocrônicos. Ruído branco ajudava a dormir quando a vibração do funk ignorava qualquer lei do silêncio e os bares do entorno choramingavam perdas financeiras se os frequentadores fossem embora antes das 5 da manhã. Enfim, uma experiência para contar para os netos, se os tivesse, mas que serviu mesmo como subsídio para a colega da fonoaudiologia começar a própria dissertação, apropriando-se do relato doloroso e do espaçoso apartamento, poupando à imobiliária o trabalho de encontrar outra inquilina tão zelosa e pontual.

Havia nascido num navio, estreia antecipada na viagem de volta dos pais de um ano sabático, dando trabalho ao médico de bordo e recebendo tantos presentes quantos passageiros e tripulantes, todos apaixonados por aquele benfazejo acontecimento em forma de gente. A mãe recebeu rigoroso auxílio de uma enfermeira aposentada que restringiu as visitas porque o entra-e-sai da cabine não dava paz às duas, e "amamentar exige serenidade". Espalhou-se no navio a história de que a tal enfermeira aceitou propinas para elaborar a agenda, mas isto nunca se confirmou. Apenas ela, na próxima navegação – que pegou gosto pelo singrar dos mares – tinha o suficiente para um bom upgrade nas acomodações. E torcia por mais nascimentos a bordo, é claro. A mãe, assim que permitido, passava uma hora com a pequena na varanda, e assim os cabelos, que já eram um fenômeno, cheiravam a sal e mar, e brisa.

Nunca mais voltou ao mar, pois que o carregava dentro e tinha pressa de chegar aos destinos que escolhia, correndo o dedo a esmo no planisfério que o pai trouxe de Portugal para que ela aprendesse desde cedo o mundo. Aprendeu mais, a ignorar os traços que chamavam fronteiras, e lançou-se ao chamado turismo de aventura, conhecendo países não turísticos e gentes tão diversas que seu metro e oitenta e um parecia pouco para conter tantas emoções e tão largos horizontes.

Era assim, grande e bela, destemida. Intimidadora, mas fazer o quê? Era inevitável, dado o seu porte e a "juba".

Por determinação interior abraçara a carreira acadêmica, sabendo do ganho pouco e da infraestrutura capenga, mas tinha a inquietação do estudo e ensinar era o caminho certo para alimentar aquela ansiedade, que não era de aplacar, e sim de aumentar. E, se possível, inocular aqui e ali. Pode-se dizer que teve sucesso, e orgulhava-se de reconhecer em doutores os nomes de pelo menos 20% de ex-alunos. Quantos poderiam dizer o mesmo? Acompanhava as trajetórias e dormia melhor quando via seus artigos publicados em revistas de qualidade reconhecida. Abria um champanhe quando uma ou outro recebia convite para permanecer no país da pós-graduação. Eram sua família acadêmica, juntados aos colegas docentes. Por vezes se reuniam no salão de festas do seu prédio, tudo contratado porque não era de ficar de avental enquanto todos se divertiam em festa que ela mesma estava organizando (e pagando).

Um dia descobriram que cantava, e bem, porque a festa foi almoço e um casal de professores recém-chegados eram multi-instrumentistas e muito, muito persuasivos, de modo que até os desafinados mostraram que também tinham um coração. Ela cantou as canções que os pais gostavam e se surpreendeu com o coro uníssono, em baixo volume, que a acompanhou. Só há mesmo dois tipos de música, disseram os dos instrumentos, boa e ruim. Por isto as que estamos cantando todos conhecem, jamais morrerão. As outras têm duração de 24 horas, estourando nas plataformas e morrendo na própria explosão. "Como um buraco negro", disse o astrofísico que cantava Beatles sem sotaque, e que depois de três Negronis (coincidência ou não) atacou uma "Satisfaction" que fez todo mundo dançar.

No inverno fazia sessões de leitura, com frequência restrita. Lareira acesa, silêncio e sempre os clássicos russos, com a turma mais antiga.

Com outra, evitando o espirito sombrio da estação, o "Somos madeira que apanhou chuva. Agora não acendemos nem damos sombra. Temos que secar à luz de um sol que ainda há. E esse sol só pode nascer dentro de nós." de Mia Couto, um amor literário recente.

A cada mês uma sessão "Delas", para Virgínia Woolf e seu lembrete ainda tão atual: "As mulheres, durante séculos, serviram de espelho aos homens por possuírem o poder mágico e delicioso de refletirem uma imagem do homem duas vezes maior que o natural."

Natural que daí brotassem produções próprias, que também tinham vez, e era o "Dia da Vergonha", mas não, que todos se expunham com aquele total desavergonhamento que só o entre amigos faz brotar. A única condição era deixar uma via do escrito para o acervo da casa, como ela fazia questão de frisar. Estavam pra centena, já.

Uma noite, todos partidos, sentou-se com o chá de encerramento (camomila, capim-cidreira, hortelã e erva-doce, da loja de orgânicos) e teve uma epifania, a visão clara de que todo o caminho acadêmico ainda não havia desaguado no mar correto, e que ela parecia ter remado correnteza acima e esquecido parte do ensinamento zen que dizia para seguir o fluxo, integrar-se ao Universo, deixar-se ir. Mas pra onde?

Adormeceu no sofá, acordou com a cara amassada e o braço dormente, sentou-se devagarinho sentindo a idade em todos os estalos e obrigou-se a estar ereta e centrada por dez minutos, antes de tudo.

Foi aí que veio a lembrança do sonho, tão real como aquela sala e aquela casa, e tão desconfortável quanto estar ao desabrigo.

Dormira mal, um sono agitado e pouco profundo, nada reparador. Tudo porque havia sido convidada para se candidatar à reitoria, e só acreditava em candidatura que dependesse exclusivamente de si mesma, tanto que sempre foi aceita com louvor em todas as disputas acadêmicas que pretendeu.

Aqueles serões literários, as reuniões em torno da mesa despretensiosa e farta, o karaokê intrépido, tudo o que fazia pelo simples prazer do companheirismo e da alegria, revestia-se agora de um tom político, que ela temia transmutar-se num sinete de falsidade e cooptação.

É claro que não queria. E eles contavam com ela. Na sua natureza agregadora fora sempre uma líder, dentro e fora da universidade. Não procurou por isto. Nem queria.

Sabia que tinha a liberdade em risco e, ao mesmo tempo, não atender ao apelo poderia parecer desconsideração com o apoio irrestrito e espontâneo de tantas pessoas que afetuosamente respeitava. Mas estar reitora era a busca inglória de CNTP (obrigada ao professor de física que explicou detalhadamente o que eram condições normais de temperatura e pressão e foi logo filosofando que isto só existe em laboratório e que pra vida seria muito chato), o fim da espontaneidade que sempre acompanha os cargos e uma rotina de infindáveis relatórios e reuniões, além da impossibilidade de continuar dando as aulas. E as sessões literárias acabariam em discussões sobre a burocracia e os jogos de poder, exatamente os temas antes unânime e alegremente vetados.

Qual seria o fluxo do Universo agora? Eis a grande pergunta, "the million dollar question", e a resposta até o momento era a total escuridão, um infinito "não sei".

Sonhara remando contra a correnteza num barco que era desacelerado por um paraquedas na popa. Estava sozinha e mesmo sendo pequeno o barco e suave a correnteza seu metro e oitenta (e um...) não dava conta da tarefa. À sua frente flutuava uma garrafa com a mensagem, e tinha certeza que a resposta estava naquelas letras que vislumbrava sem conseguir perceber quais eram as palavras. Pelo cansaço que a abatia remou a noite toda, sem sair do lugar e sem alcançar a garrafa, pois cada vez que se debruçava na proa e estendia o braço para pegá-la recuava puxada pelo paraquedas.

Um café! A cafeína estimula o sistema nervoso central, e se é central deve ser o centro de decisões lá no cérebro, hoje tão nevoento quanto Londres e seu "fog" (deu saudade do hotel próximo ao Big Ben, aquele charme das horas e a loucura de ter subido os 300 e tantos degraus). Voltando à xícara, tomando o café lentamente, pensativamente, está ela na cozinha analisando o sonho, conjeturando sobre a candidatura e procurando um ponto de contato entre a fantasia e a realidade.

E o que é real, mesmo? Sim, a xícara, o calor dela nas mãos, o cheiro gostoso do café e a dúvida. Nada mais real no momento do que a dúvida. Nunca decepcionara alguém, disto tinha absoluta certeza. Não era a hora de começar. A dúvida é escolher a quem, já que a situação não comportava duas opções.

O paraquedas eram os amigos, colegas, alunos, a universidade em si. O barco era a vida dela. O rio, as circunstâncias de quem vive. Esteve todo o tempo no contrafluxo, o paraquedas evitando que o barco virasse, talvez, mas também não permitindo avançar na direção que ansiava.

Ela, nascida marítima e que nunca quis navegar, encalhara nesse rio. Pior, era um encalhe ainda que em movimento. E que esforço, pra nem sair do lugar!

Comprou as passagens pelo site, tinha destino e tarefa. Pediu uma reunião com os mais próximos, declinou da candidatura, indicou uma substituição com chances e deixou para o dia do embarque uma pequena surpresa.

Do avião, antes da decolagem, mandou para o grupo a mensagem: Queridos, partiu Londres. Tarefa hercúlea de revisão. Negociei com uma editora. Título provisório da obra coletiva: “Ela fugiu com os originais”.

Galardão

Vinha sendo contatado por entidades diversas, todas oferecendo prêmios ridículos que elas criavam para obter ganho financeiro. Tinha de tudo: paladino, patrono, destaque, personalidade, aventureiro (?), precursor, incentivador... chegou a pensar que haveria um dicionário próprio só para tais títulos, o qual tinha um grave defeito: não trazia as palavras vazio, falsidade, engodo, veleidade, estelionato moral...

Clichê, mas...

Ela era assim, totalmente clichê.

Formou-se no magistério aos 18, já tinha namorado firme, assumiu uma turma de 1° ano por dois anos, foi adorada por todos os aluninhos, deixou a escola para se casar.

Foi boa esposa, excelente dona de casa, mãe amantíssima como a mãe e a avó, exemplos que ela levava no coração e citava com frequência exagerada.

Vez ou outra dividiam a boa mesa com o pároco, e igualmente com o pastor da igreja ex-colega de colégio e o hoje rabino, vizinho de infância.

Ecumênica anfitriã, tudo as empregadas poderiam tocar e administrar, com exceção da despensa. Ali, reinava absoluta, totalmente clichê. Amava dispor os vidros e latas cuidadosamente, metodicamente, de modo que só de olhar fazia as anotações das faltas e estava pronta a lista de compras.

Talvez a infância comedida, outro clichê, tenha despertado nela essa espécie de fascínio pela abundância, e ela amava aquelas formas e cores como teria amado a cara boneca que nunca pode ter.

E havia a coleção de pimentas, tesouro fruto de garimpos que o marido fazia nas viagens pelo Brasil, alquimias diversas, das mais mansas às mais bravas. Ela as catalogava com informações adicionais que conseguia na internet e as dosava com maestria, agradando cada membro da família de acordo com o gosto pessoal. De pimentas, entendia.

Dizia ser muito feliz, tanto quanto uma pessoa pode ser, o velho clichê dos romances vendidos em bancas de revista que ela lia placidamente nas tardes de "dolce far niente".

Recebia as amigas para o banalíssimo carteado semanal, e frequentava cursos variados, desde que na casa da ministrante, os esperáveis culinária mediterrânea e história da arte. Um dia, quem sabe, acompanharia um grupo a uma viagem, quando as crianças não precisarem mais dela, e ela reza para que nunca aconteça.

O marido é um bom homem, mais clichê impossível, e ela não se casaria mesmo com alguém que a surpreendesse, nem mesmo com uma flor arrancada do próprio jardim.

Tinha medo de qualquer coisa que abalasse a rotina cuidadosamente planejada e mantida com mão de ferro, um clichê estranhável em alguém de tão frágil aparência. As aparências, afinal, enganam, como o clichê consagra.

Por vezes recebia, uma a uma, colegas do colégio de freiras, e assim ficava sabendo do que andavam fazendo, e sempre pela boca de outra, que a fofoca é totalmente clichê na dita vida social. Soube por uma que tem até um livro que se chama Tratado Geral sobre a Fofoca[13], mas não acreditou muito, porque tal afirmação saiu da boca da mais inventiva delas, que é como o clichê chama as mentirosas, por educação.

A vida seguia assim, feito comercial de margarina, clichê televisivo, acordando e dormindo cedo, o que outros chamam de modorra e ela de felicidade plena, sereno equilíbrio, como convém.

Clichê por clichê, morre o marido de um ataque cardíaco, esperável pela circunferência abdominal nutrida por gorduras trans e açúcar, consumidos à sorrelfa nos almoços de trabalho e no happy hour, enquanto ela lhe comprava novos

13 Livro de José Angelo Gaiarsa (1920-2010), psiquiatra brasileiro, lançado em 1978.

cintos e encomendava novas calças no alfaiate, o mesmo do terno do casamento.

Vestiu preto total, clichê do luto fechado, e bem que tentou mas nenhum filho submeteu-se e assim foi.

Missa de sétimo dia, trigésimo, sexagésimo, nonagésimo, e os filhos falaram mãe chega, até ser clichê tem um limite, e a gente não vai mais. Fez-lhes prometer que na missa de um ano todos iriam, e que não marcassem qualquer viagem que não aceitava desculpas, queria honrar a memória do falecido, excelente pai, bom marido e trabalhador exemplar, o clichê do operário-padrão que sempre desejou para sua vida.

Recolheu-se, os filhos tomaram as providências necessárias à pensão e bens, ela aceitou tudo como viúva inconsolável, fiel ao clichê e atenta às más línguas, que sempre atacam uma mulher indefesa, ora pois.

Sem a vida social de antes, que o clichê rezava ser de bom tom guardar consternação por um tempo decente, voltou-se aos bons volumes que ele sempre cultivou e surpreendeu-se com o prazer que a leitura lhe dava, um prazer quase pecaminoso, porque o certo era estar em estado de sofrimento e inconsolável tristeza.

Sozinha na sala semiescura, as empregadas não a incomodavam, nunca a viram tão quieta e o único hábito que mantinha era reinar sobre a despensa, a casa já um pouco menos perfeita, o clichê de exibir às visitas não mais necessário pois que agora não eram bem-vindas.

Passou a seguir cursos e clubes de leitura nas redes, e até de escrita, e foi assim que soube de um concurso e se inscreveu.

Ganhou o primeiro lugar na categoria romance erótico, com o pseudônimo Mary Edward.

Na despensa, sumiram os verdadeiros objetos dos cuidados dessa mulher. Os secretos cadernos de Maria Eduarda, de Maria a mãe, Eduardo o pai. Mais clichê, impossível.

Choque de realidade

Deixou o emprego na repartição para escrever ficção extraoficialmente, já que lá era tudo ficcional oficialmente.

Cinza e amarelo combinam

A casa era magnífica em sua construção absolutamente incomum. Metade em pedras, encaixadas com técnica, a outra em alvenaria, cinza. Detalhes internos em madeira de lei traziam aconchego e familiaridade. Copa, três salas, grandes corredores, na enorme cozinha um fogão à lenha que sobrevive às modernidades do elétrico, do a gás e de indução, que geleia e cozido não se glorificam senão cozendo lentamente ao fogo, avivado com cuidado e carinho, na medida certa.

Mais quartos suficientes para a família e muitos hóspedes, que eram frequentes. Vinham do interior para compras, quando de casamentos ou formaturas, vestidos, bolsas, sapatos e joias e presentes, muitos presentes, que tinham a marca da generosidade e dinheiro suficiente para a prática. Ainda a edícula para os empregados, uma casa à parte com boas instalações. Jardim imenso.

Com tanta gente indo e vindo, e sendo na capital, portanto com melhor oferta de serviços de saúde, natural que os casos de doença acorriam todos à casa cinza em busca de apoio e cura.

A filha mais nova tinha o dom do cuidado, além do curso superior de enfermagem, e a situação financeira lhe permitia carga horária não exaustiva, de modo que acabou por ser nomeada para atender aos enfermos reais e imaginários, o que fazia sem reclamar, assim como uma pós-graduação informal, mas muitíssimo eficaz.

Sucediam-se quase sem intervalo, pois que após certa idade se deixa de confiar no clínico de décadas por este aparentar mais idade e menos saúde que o paciente, o que traz uma permanente incerteza nos corações e mentes, nada que ajude na cura do mais simples resfriado. Assim, uma semana sem resultados já era motivação suficiente para embarcar no ônibus e pedir que alguém esperasse na rodoviária, na certeza da hospedagem, consultas médicas, exames os mais modernos, boa alimentação, passeios, compras e a atenção especializada da enfermeira-mor, pacote completo que, no mais das vezes, curava qualquer doença e era uma excelente desculpa para se aliviar da rotina e do tédio, estes sim, males incontornáveis na pacata vida do interior.

Passados anos as visitas rareavam, muitos morrendo na paz de suas próprias casas, alguns no quarto de hóspedes adaptado no térreo, para conforto dos pacientes, alguns no hospital mesmo.

Os mais jovens não vinham, preferiam centros maiores aos quais acorriam a partir da inauguração do aeroporto regional, certos de que a capital era agora só um epíteto burocrático, que o interior a havia superado em pujança econômica com o agronegócio, e nem mesmo as botas de cowboy da capital superavam as "fatto a mano" disponíveis nos stands das regulares exposições sazonais.

As mortes agora eram do núcleo familiar que se formara naquela casa cinza, ela mesma envelhecida apesar de todos os cuidados e cautelas, uma casa que se acostumara a abrigar, proteger, mas também a acobertar segredos, uns tórridos, outros sórdidos, por mais tempo do que podia suportar. Pelo menos foi esta a conclusão que inquietou a agora já aposentada enfermeira, aposentada, diga-se, do assalariamento, e não da família, que nunca lhe passou pela cabeça renunciar ao que considerava um privilégio, sobretudo porque gozava de perfeita saúde e nunca tivera, desde a infância, nem mesmo uma dor de cabeça. Era forte, bem-humorada e solidária por natureza, o que a tornava não propriamente bela, mas um ser humano que atraía amigos e respeito por onde passasse. Nunca soubera o que é solidão, e os namoros foram bons, com viagens inesquecíveis e rompidos por ela a cada pedido de casamento, estado civil que não a seduzia. Com a maturidade mantinham uma amizade colorida ela e um ex, ele agora viúvo, e era um arranjo muito bom, ainda que parte da parentela não entendesse e outra, mais amorosa, achasse que era próprio daquela mulher "excêntrica".

Mortos o pai e a mãe, pensou em deixar a casa, mas vez que outra ainda vinham as visitas e a turma de amigos também se espalhava pelos grandes cômodos em noites de música, boa bebida e excelente comida, que o staff doméstico continuava dos melhores.

Uma casa considerada velha tem sua própria linguagem. Um dia as dobradiças rangem e é preciso óleo; no outro solta-se uma tábua, assim do nada, e é preciso chamar o carpinteiro; outro dia caiu uma parte do teto da copa, na hora mesma em que a louça do almoço estava sendo recolhida, e por pouco não acontece uma tragédia.

A porta da garagem emperrou justo quando de um compromisso inadiável e, coincidência ou não, na hora caiu uma tempestade que inviabilizou qualquer outro transporte, trazendo um transtorno que foi difícil consertar ou justificar. Como assim, uma casa que sempre teve manutenção agora todo dia apresenta um problema?

Ficou meio folclórica, a coisa. Mas ela passou a observar melhor e parecia que quanto mais alegria dentro da casa cinza mais pequenos desastres ocorriam. Conversou com o terapeuta sobre a suspeita, mas ele foi tão cientificamente categórico que ela acabou rindo do assunto, sentindo-se ridícula e infantil, como quando não olhava embaixo da cama porque certamente haveria ali um ogro à espera.

Deu-se um tempo de calmaria, ela em mais uma viagem boa de navio por lugares que aprendeu a amar, e por isto revisitava com prazer.

Na volta, a reunião de boas-vindas (e a infalível distribuição de presentes), vinho, violão, piano, cerveja, as papilas gustativas bem presenteadas e os vizinhos convidados para fins diplomáticos.

Madrugada, até o último copo recolhido pelas diligentes empregadas, ela curte o hábito de ir ao jardim e sorver o ar silencioso e perfumado, antes da xícara de chá que antecede o sono perfeito dos felizes.

No meio do jardim ouve o ruído, um estrondo, e se vira, ainda a tempo de ver parte da varanda ruir. A varanda que recebeu manutenção um tantinho antes de ela viajar. Não era mais uma coisa a ser aceita, e sim investigada.

Especialistas em madeira com seus aparelhos de raio-x foram contratados, um engenheiro diplomado em demolições, até mesmo as plantas originais foram resgatadas em percuciente pesquisa no sótão, mas nada foi detectado que justificasse as ocorrências.

Era como se a casa tivesse se cansado, disse a velha mendiga que passava uma vez por semana para receber a mesada e a cesta básica, há dois anos, vinda ninguém sabe de onde, mas acolhida como todos sempre foram naquela família onde a solidariedade se criava em paralelo com a prole.

Cansada do quê? pensou ela, que esta casa sempre foi nutrida com o melhor da nossa atenção, materiais de altíssima qualidade e a ideia de que se eternizasse como patrimônio da cidade, no tempo em que tudo fosse testamento.

Inquietou-se. Chamou amigos totalmente materialistas e nada materialistas para conversar. A princípio todos riram, mas aí a basculante de um banheiro caiu sobre a roseira mais antiga e mais prolífica, e parecia ser necessário levar aquilo mais a sério.

Uma casa tem sua própria fala: range, estala, geme por vezes, por vezes sussurra, zumbe, a depender se o tempo esfria, ou se o sol foi muito quente, ou o vento muito forte, ou a chuva contínua por dias e dias.

Mas era diferente, era, como ela qualificou, "espontâneo e inesperado". E ela, que crescera conhecendo cada canto da casa cinza, agora não reconhecia seu refúgio seguro, nem confiava mais nas paredes que guardaram silenciosas as décadas de confidências segredadas, as lágrimas e os risos que constroem a vida boa que vivera até ali.

Teve medo, depois encorajou-se a buscar uma solução. Feitos os diagnósticos técnicos e nenhuma doença encontrada, talvez fosse somente o caso de uma repaginada externa.

Novamente com os amigos, cada um com suas razões, umas arquitetônicas, outras meramente intuitivas, decidiu-se por um amarelo "Sol da Toscana". Se o tom era o ideal já não estava mais em jogo, porque o nome era soberbo e combinava perfeitamente com a parte em pedras, e fazia lembrar roteiros viníferos muitas vezes percorridos, em prazeres repetidos e jamais suficientes.

Andaimes montados precedidos da necessária preservação do jardim, deu-se o que se convencionou chamar – noutra noite de vinhos e queijos – o "ensolaramento" da casa cinza, já em andamento tratativas para mudar-lhe o nome, que apesar de chamarem assim com minúsculas, chegaram à conclusão que o exigível seria Casa Cinza, "comme il faut", coisa que então seria corrigida com a nova denominação, começando com a irrenunciável maiúscula, ou em caixa alta e baixa, no dizer do amigo jornalista.

Ensolarada externamente, até o humor dos habitantes iluminou-se e foram esquecidos os incidentes, vivendo-se alegremente mais um verão de archotes nos serões em torno da piscina, espantando os mosquitos e emprestando tons e luzes a rostos comuns que, no "chiaroscuro" recendiam uma nova beleza.

O outono veio bruscamente aquele ano. Tardes escureciam de chofre, ventania forte e tempestades eram frequentes e assim antecipou-se o recolhimento e os tempos mais meditativos que nos preparam para o inverno.

Adiantou-se a compra de lenha para a lareira, as mantas e cobertores foram com urgência para a lavanderia e as cortinas de voal foram substituídas pelas de tecido pesado, uma proteção a mais nas baixas temperaturas.

E então recomeçou.

Um degrau se espatifou um segundo antes de ela pisar, e o tombo quase aconteceu.

Apareceu uma goteira no meio da sala.

A veneziana do quarto térreo, aquele especial para os hóspedes domiciliarmente tratados, simplesmente caiu, e o jardineiro escapou de um acidente grave por muito pouco.

Surgiu um vazamento na caldeira.

A chaminé entupiu.

Os barulhos agora eram ouvidos durante o dia, acima mesmo dos movimentos de pratos e panelas, das conversas e risos que sempre foram a tônica da Casa.

À noite, era difícil dormir. Ela mudou de quarto em quarto e em nenhum encontrou paz. Passou a dormir no sofá da sala, consertada a goteira, mantendo a lareira acesa e sem qualquer sossego. O crepitar da lenha parecia abafar o que se batizou de reclamações da casa, mas chegou o tempo em que a construção parecia zumbir dia e noite, e todos cogitaram mistérios, assombrações e benzimentos.

Ela resistiu. Mas uma manhã, tomado o desjejum e sentada na poltrona favorita, lendo como sempre fazia nesta hora em que o dia tinha uma luz especial, ouviu um trancar de fechadura. Foi à grande porta da frente, uma peça de madeira maciça da qual o pai sempre se orgulhou, encomendada a um artista, como dizia, e tentou sair. A tetra quebrou no tambor, de modo que a chave reserva não resolveria.

A casa não a queria mais ali. Indignou-se, estranhou, entendeu, e aceitou.

Dispensou os empregados com férias, fez as malas e pegou o carro, que não deixava mais na garagem porque a maldita porta não aceitava conserto.

Saiu pela cozinha e quando se virou para dar um até breve para as pedras e a alvenaria "Solar da Toscana" teve tempo de ouvir o último clique da última fechadura se autotrancando.

Self

Botox, preenchimento, mudou a cor dos cabelos, o estilo de vestir, mudou de bairro, de profissão, de namorado, até olhar no espelho e concluir que em algum lugar deste itinerário ela mesma havia desparecido. Fez a única coisa que precisava, desde o início. Foi pro analista.

Mundo perfeito

Passava as noites sem dormir, reformando o mundo. Várias eram as novas regras, incontornáveis. Só não havia ainda decidido quais as penas para quem não as cumprisse.

Todas as mães decidiriam o que seus filhos comeriam em casa ou nos restaurantes, de acordo com orientações de nutricionistas e pediatras, ignorando os apelos da mídia e, sobretudo, jamais perguntariam "O que você quer comer?" a um ser humano que não tinha o menor discernimento sobre alimentação adequada.

Todos os serviços contratados seriam cumpridos integralmente, sem argumentos ou justificativas para entregas parciais ou, se fosse o caso, o usuário seria automaticamente descontado na proporção devida.

Religiosos não usariam de interpretações sub-reptícias dos cânones para obterem bens materiais de crédulos que pouco tinham, e cujas famílias passariam por dificuldades para sustentar templos de ouro.

Filas seriam respeitadas, e lugares especiais no transporte coletivo ficariam vazios se os seus beneficiários não se apresentassem.

Pais não comprariam guloseimas venenosas quando da ida ao cinema com suas crianças, nem para eles nem para elas.

Pacientes não mentiriam para seus médicos sobre sintomas, consumo de drogas lícitas ou ilícitas e alimentos ultraprocessados.

Médicos olhariam nos olhos dos pacientes e tratariam deles como seres humanos integrais, e não um joelho que dói ou um nariz que espirra sem controle.

Todos os livros estariam ao alcance do poder aquisitivo de qualquer um que os desejasse.

Todos os professores utilizariam o tempo estipulado para realmente dar aulas, e não apenas expor opiniões sobre vírgulas, futebol e autores menores.

O metro voltaria a ter 100 centímetros e o litro 1000 mililitros, em respeito ao consumidor.

Os mais votados seriam declarados eleitos.

Escrevia febrilmente todas as noites, num caderno de capa de couro preto que mandara fazer especialmente para a "hercúlea tarefa", como denominava e acolhia sua única missão nesta Terra.

Deixava por último a questão da hidrografia, pois era urgente levar água às nações mais pobres e ainda não sabia qual a melhor opção, se deslocar os rios, os mares ou os continentes.

Sem faltar um dia sequer ao trabalho, aproveitava os finais de semana para escrever dia e noite e já sua aparência espantava os mais próximos pois a exaustão era visível nas olheiras e nas roupas que se tornavam mais largas a cada dia.

Passou a variar a tarefa noturna e começou a pintar as portas dos apartamentos do prédio onde residia, não sem antes estabelecer uma criteriosa tabela de cores. Amarelo para os que faziam barulho após às 22 horas; azul para os que não controlavam as crianças, deixando-as apertar todos os botões do elevador; vermelho para os que não separavam o lixo; roxo para os que não cumprimentavam os serviçais...

As câmeras, que eram apenas de efeito moral, passaram a funcionar na terceira noite das até então misteriosas intervenções pictóricas, e decidiu-se, por unanimidade, relatar o fato à família e o solitário foi devidamente encaminhado a um hospital psiquiátrico.

Dois meses depois retornou ao lar, a aparência física denotando a antiga forma, o olhar um tanto ressabiado mas, assegurava o laudo, totalmente recuperado para a vida normal.

Voltou ao trabalho, reconquistou a confiança dos colegas, a família desapareceu de novo, convenientemente, e ele mesmo se considerou curado.

Dormia com auxílio medicamentoso, um sono sem sonhos, sete horas por noite, como um relógio, até que...

Até que o organismo se acostumou com o remédio, ou foi o antigo ímpeto de criar um mundo ideal que de novo se apossou dele, ele que voltara a ler para não sair a pintar portas e a escrever regulamentos de perfeição, e lhe caíra nas mãos exatamente uma obra recente que incentivava a meditação para a plena realização dos propósitos mais elevados da humanidade.

Propósito elevado era justamente o que ele pretendeu com seus regramentos, e o couro preto do antigo caderno o atingia como um chamado, menos páginas escritas do que as ideias que ainda tinha, fervilhando em sua ânsia perfeccionista.

Recorreu à terapia, método que só conheceu quando do tratamento e lutou, bravamente, contra o ímpeto de voltar a pintar.

Novos remédios, sessões individuais, terapia de grupo, caminhada, corrida, antecipação de férias, tudo o que podia ser tentado o foi, mas a angústia estava lá, punhal no peito a doer e desafiar.

Não tinha como entender um mundo lotado de pessoas que não pensavam no futuro e pareciam não se importar com a crescente degradação que, estava certo, chegaria ao caos a tempo de pegá-lo ainda na maturidade, pois que hoje se vive 100 anos facilmente, sobretudo os que praticam as estritas regras da frugalidade que gera saúde equilibrada.

Equilíbrio era o que buscava, e finalmente descobriu um canal de meditação nas redes sociais (ele, tão antissocial, até soava engraçado) e passou à prática com o mesmo empenho antes dedicado a reescrever o que sua mãe chamava, orgulhosa como se fosse cocriadora, a reescrever a "obra prima de Deus".

Em 21 dias a promessa do mentor se cumpria e ele acalmou a mente, serenou o espírito e aplacou definitivamente a angústia.

Será o ganhador do primeiro prêmio no concurso estadual de pintura deste ano com uma série indivisível de doze telas, sob o título "Mundo Ideal".

E para o próximo ano já preencheu a inscrição para um certame nacional, novamente serão doze telas unidas como coleção inseparável, nominadas "A perfeição segundo eu mesmo".

Tem certeza de novo primeiro lugar.

Ou terá de reformar o júri.

Coturnos

Café da manhã temperado com os problemas no trabalho. Como fazer carreira enfrentando machismos e achismos, matutava entre uma rodela de banana e uma colher de granola, enquanto o forno elétrico aquecia o pão com queijo. Foi olhar e o timer do forno não recuava.

Aquilo ia ficar ligado ou teria de tirar da tomada até ir para o conserto.

Pensou um pouco e fez o contrário do esperável, avançando o botão. Deu certo, o timer voltou a funcionar.

Estava atenta a um sinal do Universo.

Entendeu.

Avançar. Calçou seus coturnos de grife e foi à guerra.

Habemus genius

Era um gênio incompreendido. Chegado aos 30 e poucos, continuava sonhando com o grande tratado literário que levaria sua assinatura e a si mesmo "aos píncaros da glória". Acostumara-se às frases de efeito, ou frases feitas, de preferência as rococós, desconhecidas pela maioria, buscando uma aura de intelectualidade.

Tinha escondidos dezenas de cadernos onde colecionava trechos escolhidos ou grandiloquências de escritores de renome, tudo preparo para sua grande obra, a que revolucionaria a literatura brasileira, quiçá internacional.

Projeto de obra única, ao que parece, e logo após uma reclusão à moda de J. D. Salinger, que biografias ele pesquisava com planos de imitação.

Mimado por ser caçula e ter apresentado doenças indecifráveis na infância, não se sentia responsável por coisa alguma.

Sob proteção materna, ainda era sustentado na vida boêmia, inspiração inelutável, na boa comida e bom vinho, nos charutos (desistira do cachimbo porque o trabalho de limpá-los não foi assumido pela empregada, que ameaçou ir embora). E livros, comprava-os por peso. Com o advento da internet, passou também a importar lançamentos em inglês, idioma que não dominava, como não dominava qualquer aspecto da realidade.

Ficou famoso na cidade, melhor, em alguns círculos da cidade, onde borboleteavam tipos idênticos, só que pobres, e em algumas vezes, ouvindo uma boa frase, pagava uma rodada como isenção por tomá-la para sua autoria, certo que o pobre diabo jamais seria publicado. Ao contrário dele, que em breve, muito em breve, estaria dando início à sua obra-prima (que não quer dizer primeira, mas sim primorosa, fazia questão de frisar).

A mãe era mesmo doentia, não a contrariavam, e apaixonada por aquele filho que realizava o sonho de toda mãe, permanecer criança e ela, portanto, jovem como quando prolífica.

Nosso aspirante à imortalidade só não frequentava as rodas intelectuais autênticas; experimentadas uma só vez, numa discussão profunda descobriu quão raso era e fugiu, antes que chorasse, coisa que fazia sempre que era flagrado numa falseta, desde muito pequeno.

O bar de preferência era o "Baixo Academia", "locus" de igualmente incompreendidos, onde a ilusão criou codinomes gerais. Dostoiévsky, o bodegueiro, mantinha sobre o balcão ensebado bloco onde também anotava plágios esperançosos e versos ruins, entre um martelinho e outro, porque era um pro freguês e um pra si, com a infalível oferta pro santo, proteção contra a inveja (?). Mesmo nesse ambiente lítero-etílico jamais tomou além de coca na boca da garrafa, desconfiado da higiene dos copos, sobretudo depois que Fiódor reclamou solenemente da conta de água.

Em casa, a situação passara de insustentável para dramática. Até quando vamos sustentar vagabundo (o pai)? Ora, há muitos escritores que só fizeram sucesso mais velhos. O Saramago, por exemplo (a mãe). O Saramago? Ele tinha em-pre-go! Nasceu pobre e foi até serralheiro, que eu fui pesquisar (o pai)!

A mãe acreditava em seres humanos de florescer tardio, e isto a salvava de morrer do coração, isto sim, ao fim e ao cabo era isto.

Marcou-se uma reunião de família para decidir-lhe o destino e ele se sentiu como aquela filha que, por mau passo, iria para o convento, após um conclave parental de resultado previamente acertado.

Pôs-se em ânsias, não dormia, não comia. Dostoiévsky e Thoreau e até Jane Austen ligaram, preocupados, mas era chegada a hora de Proust, que esteve tempo demais em busca do tempo perdido.

Apareceu para visitar a avó a sobrinha de 13 anos, leitora voraz, que ele levava pela mão às livrarias desde os 3 e a quem continuava presenteando com os livros que quisesse – no cartão da mãe, mas isto é detalhe de somenos, a esta altura.

Vamos, tio? Hoje é nosso dia de shopping. Sem condições, querida, estou pra morrer.

Inteirou-se do drama a pequena, buscou no cabedal adolescente uma luz, filosofou à frente de uma bela porção de pudim de leite que a empregada serviu e chegou a um eureka.

O Tiozão da Leitura começou lendo muito mal as frases, tropeçando por timidez e zero prática, folheando alfarrábios esquisitos, indo e vindo nas páginas, procurando por aquela que precisava mas o marcador tinha caído na hora em que puxou o caderno da oscilante pilha sobre a mesa. Ao mesmo tempo, tirava a mecha de cabelo dos olhos e encontrava os óculos, até então aparentemente perdidos na bagunça que a câmera – fechada em close – não mostrava.

Na terceira semana já tinha uma "ring light" adequada e trinta seguidores. A "criadora, diretora e roteirista" não o deixou esmorecer. O episódio em que contou a própria história de aspiração frustrada à genialidade foi num crescendo, até atingir 5.000 visualizações ("e contando", diz a sobrinha-gênia).

Virou notícia na imprensa local e estadual. Cresceu em seguidores e apareceram patrocínios. Isto ainda não é emprego (o pai)! Eu não disse que ele ia ser um sucesso (a mãe)?

Sua história vai virar livro. Já contratou o "ghost writer".

Natural

Uma aranha é uma aranha é uma aranha e estava bem numa esquina do quarto dela esperando uma certeira e ecológica chinelada porque os inseticidas deveriam vir com um alerta em letras enormes dizendo “ofensivo também para pessoas”.

Água clorada

Quase caiu ao pisar numa tábua podre do deque. A piscina, toda a área da piscina, melhor dizendo, não via manutenção há quase um ano. Ele era o limpador oficial da região.

Viera do interior depois de uma briga com o pai. Não, uma decisão do pai, que levantara a mão pra mãe e ele tomara a frente, nem sabe de onde tirou aquela coragem. A mãe já sofria todo tipo de humilhação, que o pai era mestre na arte. Tratava-a mal e ao filho também.

À voz baixa, eram contadas sobre seu nascimento duas versões. A primeira, que a mãe fora desgraçada por um caixeiro-viajante e aceitara casar com o pai, repentinamente, enganando-o porque já estava o filho a caminho. A segunda, na qual ele acreditava porque a história da mãe – criada em sítio, só vinha à cidade pra feira, e sempre acompanhada do pai ou de um irmão – justificava de todo. E a segunda dava conta que o pai, um frequentador contumaz do estabelecimento desaconselhado pelo padre, passou a dar preferência a uma das profissionais, e dela se fez cativo. Ela, vendo a oportunidade de se tornar "teúda e manteúda", como nas novelas de Jorge Amado, que sempre adorou, inclusive imitando o sotaque, então, engravidara.

Todo o bataclã sabia que se tinha tornado exclusiva do grosseirão, mas ele tinha seu próprio negócio e ela arriscou. Sonhadora, ao ter o filho este lhe foi levado não se sabe para onde, para ser adotado por boa família, e ela recebeu passagem só de ida para a capital. Ao menos a proprietária lhe recomendou para uma colega, que tinha começado a carreira ali mesmo mas levantou voo com um forasteiro e ele, vendo o potencial da moça, montou-lhe uma casa que lhe rende dinheiro e mulheres, a escolher, que nunca firmou compromisso de fidelidade com quem quer que fosse.

Foi-se, no ônibus noturno, um dia após o parto. Do menino – era um menino, foi tudo o que soube – nunca mais lhe falariam. Era ele, então, o filho que o pai tratava como bastardo, castigando-o por nada e por tudo, certamente porque a cada vez que o olhava se escancarava sua burrice, potencializada pelos instintos de macho, que massacraram sua intuição e os avisos dos amigos.

A mulher aceitou o menino, sem perguntas, mas não era surda nem cega e sabia perfeitamente do que se tratava. Entretanto, não se abandona uma criança, e depois tudo pareceu desígnio divino, porque teve uma doença que a impediu de engravidar.

Saiu, então, porque o pai impusera a condição: não bato nela, mas não olho mais na sua cara. A mãe lhe deu um dinheiro pouco, que juntava o troco do armazém, e ele partiu naquela noite mesma, levando na mala mais pesada a raiva e o medo, e na mão uma mochila gasta com as poucas peças de roupa que tinha.

Dormiu na rodoviária e escutou vozes experientes dizendo que dava pra viver só pedindo dinheiro nos semáforos, com uma plaquinha. Depois descobriu que semáforo é esquina, e foi também. Apareceu logo o vendedor da placa e ele, lendo pouco, aceitou a que sobrara: "AJUDE TENHO FOME". Não era mentira, então não tinha que confessar ao padre, nas vezes que entrava na igreja só pra ter uma ilusão de paz e de que estava de novo em casa e tudo estava bem.

Não soube por que mas conseguia sensibilizar os motoristas e as motoristas, e conseguia comer e pagar pelo banho na estação, mas o único tênis furou e ele achou que era demais. Nunca tivera conforto, mas a cama era boa e limpa, e comida simples na mesa tinha todos os dias. Tinha braços, precisava trabalhar. Não dizia o pároco que o trabalho enobrece o homem? Enobrece parece uma coisa muito superior, assim como ter o direito de ir para o céu, então é preciso trabalhar.

Num dia de chuva, quando a concorrência é quase nenhuma, viu-se diante de uma camionetinha com o letreiro "limpo piscinas" e criou coragem para pedir trabalho. O motorista, um cristão penalizado, o fez entrar no carro, encharcado, e o levou para o galpão onde tudo era programado. Não era uma empresa, exatamente, ou era, com motorista, administrador e operário, todos personificados pelo próprio. Morava na casa em frente e de lá trouxe uma muda de roupa e umas havaianas, com uma caneca de café e pão com queijo. Ele começou a chorar, mas ficou com vergonha e disfarçou, na manga da camiseta. O microempresário era pessoa do bem, sensibilizou-se. Pensara dar abrigo pelo menos aquela noite, mas viria bem um auxiliar, que o rapaz era forte e quase não falava. Falar demais já tinha sido a causa de mais de dez "vá embora", porque as famílias se queixavam e ele lhes dava razão.

Assim, ficou o moço do interior, meio xucro, mas se não abrir a boca está de muito bom tamanho.

Dia seguinte começou a ensinar o serviço, deixando com o ajudante a parte mais bruta, e não é que se saiu bem? Sua mãe dizia que fazer o bem traz o bem. Estava aí, verdade.

Olhando agora o abandono dessa parte da propriedade, até entristeceu. A limpeza ali era duas vezes por semana, de tanto movimento que tinha a casa. Era muita festa, e se encontrava de um tudo naquelas águas, de confete a taças de plástico, de camisas a outras camisas, até sapatos e joias já tinha achado.

A joia, aliás, rendeu uma gorda gorjeta, e ele pensava agora se era pelo valor da peça ou pelo lugar onde fora encontrada, que nem sempre as pessoas estão onde podem ir, aprendeu com a observação dessas casas ricas.

Levantou-se do tropeço e olhou em volta, avaliando o que precisava ser feito. Muito serviço o esperava. Estranhamente, a casa estava impecável. Reforma recente, pensou, lendo a placa de "aluga-se para festas". Era estranho esse pessoal da capital, fazendo uma casa grande e bonita pra não morar nela, não comer nela, não dormir nela. Nunca entenderia tanto dinheiro gasto pra uso dos outros. Mesmo longe ainda guardava amor pela casa onde morou a vida toda, sabia os cheiros do pequeno jardim, a cada florada, e ajudava a mãe no cultivo da horta, combatendo lagartas e formigas, borrifando misturas caseiras. A mãe dizia que os bichos são criaturas de Deus, então temos de dar o que comer a eles também, e por vezes abandonava um canteiro de couves para o que os outros chamavam as pragas. Era mesmo especial a sua mãe. Sentiu uma pontada doída de saudade, mas se era pra ser, era pra ser, e jamais voltaria. Tinha notícias, vez ou outra, de algum conhecido que vinha à capital para tratar da saúde. A mãe estava bem, o pai continuava o mesmo. E ele tinha a consciência tranquila.

Então, era preciso deixar a área externa condizente com a casa. Abandonada há tanto tempo, o orçamento não ia ser barato.

A última vez que estivera ali, exatamente ali onde agora esticava o olhar, havia um corpo de mulher boiando na água clorada. Ele se controlou como pode e entrou, devagar, para dar a notícia à governanta, que era quem contratava e pagava. Ela não acreditou, mas foi atrás dele e precisou ser amparada, o que ele fez. E esperou. Recuperada, ela o chamou de volta para a casa, pagou-o e disse três palavras: "você não viu". E ele aceitou acreditar.

Vizinhos bisbilhoteiros, que moravam num terreno mais alto, chamaram a polícia, que nada detectou de irregular. Os proprietários da mansão, espantados com a denúncia, acabaram por rir, revelando que o que tinham visto era (ele ouvira nas rádios, insistentemente) uma "boneca infláviu esferográfica", não, deixe ver mesmo, ah, uma "boneca infláviu senográfica". Ele tinha pouca leitura, tinha, não sabia o que era a tal boneca, nunca tinha visto uma de perto. Mas um cadáver ele sabia reconhecer. E foi o que viu.

Com medo de ser assombrado pela morta, e achando que sua alma poderia vir pedir-lhe por justiça, recusou o trabalho.

Top secret

No laboratório encontrou a amiga, tão chique como sempre e muito simpática, fazendo social. Percebeu que a fragilidade dos frequentadores cria um grupo privilegiado para se obter informações preciosas, e oportunidade de ótimos negócios imobiliários. Será que ela tinha mesmo exame marcado?

Academia

Roía as unhas até sangrar. Escolheu a Biologia, daí passaria para a Genética para se entender melhor, como ser humano e como anomalia.

O pai já advogava há anos, a irmã seguiu-lhe os passos. Mas, para integrar o escritório, fez especializações e deu ao negócio outro formato. Modernizou as instalações e forçou o veterano a fazer cursos de informática, ao que ele aquiesceu relutante, certo de que a "tecnologia vai atropelar a sensibilidade que nos diferencia.".

Na faculdade, terceiro semestre, viu-se em pleno "bullying", como vítima, uma vez mais. Custava a acreditar que o pesadelo poderia ter tentáculos num lugar que chamavam de "academia", referência à Grécia Antiga que nos deu matemáticos, filósofos, historiadores e médicos. E colegas de turma! Sem ver saída, surgem três mais, e ele desiste. Só que era outra coisa. Falavam palavras ásperas, porém plenas de razoabilidade; chamavam a atenção dos grosseirões com autoridade e argumentos que os botaram pra correr, quase envergonhados, se vergonha na cara tivessem.

Convidou-os para um café, pra "pagar a dívida", e foi além: desistiu da Biologia e foi para o Direito, para agora compreender os outros, ao menos aqueles que o salvaram sem agredir os agressores.

A família festejou como se fosse seu aniversário, e um pouco seria porque começou uma vida nova naqueles conceitos e princípios que, antigos, são tão atuais quanto a mais nova tecnologia. Mais até, porque tecnologias se tornam obsoletas tão logo aparecem nas lojas, substituídas pelos modelos em construção por mão de obra barata nos países pobres. Voltemos.

Formou-se com brilhantismo, estudava com inédito prazer o conteúdo da graduação e, ao mesmo tempo, especializações on-line, assim tendo garantida aquela sala que lhe fora destinada na banca, cuja clientela só aumentava.

Na volta da viagem de formatura que o escritório fez questão de pagar – um curso de três meses em Coimbra – chamou arquitetos e decoradores sem ser compreendido até que uma, decoradora, chegou trazendo o seu marceneiro de confiança. Combinadas as medidas e as peças principais, fez com ela o périplo pelas melhores lojas do ramo, à cata de complementos, e escolheu-os caros para recompensá-la com a percentagem que sabia que lhe era destinada a cada venda. Montada a sala à sua conveniência, não tardou a receber clientes novos que, um tanto desconfortáveis, abreviavam a consulta assinando logo o contrato, acostumando-se rapidamente às reuniões virtuais. Satisfeitos, indicavam-no para amigos e parentes, não esquecendo o alerta necessário sobre o ambiente em que seriam recebidos.

Vieram também os diferentes, convictos do acolhimento e da competência do jovem advogado.

Um dia, passando pela sala da irmã para o cafezinho pós-almoço, encontrou-a em plena manicure e simpatizou de imediato com a profissional, uma bem-humorada anã de 25 anos que o escaneou automaticamente, fazendo-o corar como um adolescente que rói unhas, o que era o caso. Prometeu curá-lo e começou naquela tarde mesma o tratamento, que seria semanal, "até no recesso", brincou.

Não se sabe o processo, as razões ou a jurisprudência, mas os fatos são incontestáveis, falam por si, e não só as unhas tomaram jeito, mas ele mesmo parece mais confiante emocionalmente, assim como se existisse uma graduação existencial e ele tivesse recebido, afinal, o diploma.

Vão se casar no próximo recesso, e ele não liga que ela seja dois centímetros mais alta do que o noivo, que havia encomendado um sapato especial para a cerimônia mas desistiu porque ficava com um andar ridículo e gosta da sua altinha como ela é.

O pai, fiel à tradição, filiou-se ao Instituto e – pasmem! – virou um novidadeiro contumaz e faz todos os cursos de atualização com o entusiasmo de um calouro e uma aposta interna de que passará pra trás aqueles dois geniozinhos que ajudou a botar no mundo e a formar, e que agora o desafiam diariamente até na hora do almoço, mesa alegre onde a mãe funciona como mediadora e conciliadora, sem direito a qualquer recesso.

Placement

Jantar. Mesa organizada por afinidades comerciais. Mas as cores dos trajes não se podem repetir. Nunca. Duas pessoas de preto. Mudança de última hora. Um romance e uma falência.

Liberdade

Você vai mesmo fazer isto?

Vou, sim. Pensei bem.

Acho que você tem razão.

"Querido pai/sogro/avô

Acabo de dar à luz um menino, que foi amado desde a concepção e durante as 40 semanas em que o carreguei no ventre, cercada de atenção e carinho por todos da família.

A maternidade é uma experiência que não pode ser contada, só pode ser vivida, e estou atenta e feliz, nesta minha estreia.

Este ser humano que hoje vive seu primeiro dia fora da minha barriga, eu quero pra ele o melhor. Queremos todos, eu acredito.

Que ele seja saudável, alegre, inteligente; que saiba sonhar e que tenha boas oportunidades de realizar seus sonhos; que tenha apoio e amparo na família e nos amigos; que se torne, enfim, um ser humano pleno e feliz.

E que seja, antes de tudo, livre. Livre para fazer escolhas, boas ou más, como todos nós pudemos fazer em nossas vidas, e ainda faremos. Boas escolhas não precisam explicação. Más escolhas ensinam. Estará tudo bem.

Para ser livre, é preciso estar atento, e o papel dos pais é estimular os caminhos para o exercício da liberdade. Assim vamos fazer, nós, os pais deste pequeno ser que já é um indivíduo em sua mais bela potência.

É este ser que lhes apresento como neto. É este ser que, tenho certeza, deseja que os dois avôs se unam e construam para ele um brinquedo-presente que mostre a habilidade com madeira do avô materno e o conhecimento técnico do avô paterno, por exemplo. Quem sabe um caminhãozinho de madeira que tem faróis que acendem?

É este neto, queridos vovôs, que nasceu e deseja ser amado sem competições e turras entre os que o amam.

Para ficar totalmente claro entre nós, dei à luz um ser humano com infinita potencialidade, e não um torcedor do time de um ou de outro de vocês.

Carinhosamente

A Mãe.

P.S. O objeto que seque em devolução deve ser trocado pelo brinquedo aqui sugerido, ou outro que vocês dois venham a decidir fazer juntos.".

Reempacotadas nas mesmíssimas embalagens, as minicamisas do time A e do time B foram devolvidas com a amável missiva.

Composto em FreightText Pro pela
Officio para a Editora Almedina Brasil.
Ilha de Santa Catarina, setembro de 2022.